丹丹有文

欧丹丹 —— 著

SPM 南方传媒 | 嶺南美術出版社
中国·广州

图书在版编目（CIP）数据

丹丹有文 / 欧丹丹著. —广州：岭南美术出版社，2024.6
ISBN 978-7-5362-7976-6

Ⅰ.①丹…　Ⅱ.①欧…　Ⅲ.①随笔—作品集—中国—当代　Ⅳ.①I267.1

中国国家版本馆CIP数据核字(2024)第036370号

统　　筹：韩正凯
责任编辑：韩正凯　李　青
责任校对：钟　怡
责任技编：谢　芸
内文设计：友间文化

丹丹有文
DAN DAN YOU WEN

出版、总发行：岭南美术出版社（网址：www.lnysw.net）
（广州市天河区海安路19号14楼　邮编：510627）
经　　　销：全国新华书店
印　　　刷：佛山市金华彩印刷有限公司
版　　　次：2024年6月第1版
印　　　次：2024年6月第1次印刷
开　　　本：787 mm×1092 mm　1/16
印　　　张：8.75
字　　　数：95千字
ISBN 978-7-5362-7976-6

定　　　价：98.00元

带着真诚上路

——写在《丹丹有文》出版之际

欧丹丹

媒体人　作家　心理咨询师

2020年10月出版的个人访谈专著《丹丹有约——高端访谈》一书，是粤西媒体人以一己之力首次深入各行业对话粤商的力作。该书在全国新华书店及网上持久热销。

《丹丹有文》是我从2016年开始在工作之余，断断续续写的一些随感散文，也可以说是杂文随笔。这些随感散文是我的心灵对话，之前从来没有出书的念头。因《丹丹有约——高端访谈》的全国影响力，很多读者和网友关注了我的个人散文公众号，他们认为这些散文纯粹、清透、朴实，特别是打动人心的真实感，能带给他们发自内心的愉悦。他们同时也觉得职场上我所展现出的雷厉风行与干练，背后有值得探寻的底层逻辑。其实，我也常常在工作之余跳出自我，审视自己，总结自己，如要溯源这个底层逻辑，我觉得还是“不忘初心”和“守望初心”。只有初心，才能一如既往地踏足坚实大地，拥抱真实生活，热爱人间烟火；才能迸发出一路向前奋进的激情和向上突破的强大动力。因为怀揣梦想，这些年来，我一直在路上，在新闻和文学的路上，从不敢停歇。流过很多汗水，尝过很多辛酸，也品过很多甜蜜；锻炼了脚力、眼力、脑力和笔力，也收获了成功和喜悦。我的视野更加开阔，思想更加成熟，文字也更加练达老道。

《丹丹有文》中有乡情、亲情、师生情，以及各种所见所感，也有对工作的感悟等。本人一路突破的心路轨迹，也在《丹丹有文》中有所体现。

七年随笔算是行云流水，因为从没有要出书成册的想法。今天在编辑这些文稿时，为了保持真实和纯粹，我也力求原貌。七年过去了，回过头看看自己的心路历程和思想变化，特别是经历了时空变换、工作变动等人生很多的不确定性后，如今依然可以通过自己的文字得到心灵的慰藉，感受到“守望初心”力量的强大，我的内心收获满满。只要用心、专注、坚持，带着真诚上路，你不但知道一路美好，而且知道这路上的时间积淀能磨砺并成就一枚硬核的你。

通过《丹丹有文》，我看到了自己的成长，也在更用心呵护内在这股清泉一般的真情实感。文如其人，这本《丹丹有文》就是我的影子，我今天之所以采纳很多读者、网友的建议结集成书，主要也是想通过另一种方式传递真实。对我来说，真实就是生命力，兼具执行力和创新力，而执行力和创新力能给社会蓬勃的发展力。思想固然重要，行动才是灵魂。这些散文随笔，于我来说是勇于突破的精神财富，是一路成就自我的梦想火苗。如果大家能在我的散文里感受到哪怕是一丁点的鼓舞，我都愿意为此全力以赴。

一位资深老前辈知道我终于下定决心出这本散文集，很高兴地赠予了一段话：《丹丹有文》的最大魅力就在于作者怀揣一颗晶莹剔透的初心，没有很华丽的词藻，也没有很高深晦涩的道理，但读她笔下的文字，就像一股潺潺清泉流过心坎。《丹丹有文》体现了作为媒体人、作家、心理咨询师的作者始终秉持奋发向上、勇于突破、努力遇见美好自己的人生信条。这是一位聪慧、灵动又有力量感的女子，一如《丹丹有文》。

目录

CONTENTS

目录 | CONTENTS

七年行云流水

这几年断断续续写的随笔散文，不经意间就有60多篇了。有文友一直跟随我的公众号更新阅读，多年前曾提议我出一本散文集。当时没怎么放心上，如今把“那么一回事”变成了现实。

挑选了55篇随笔散文收录在《丹丹有文》中，它们是我2016年至今七年的闲暇涂鸦，也是心灵“拾穗”。七年，听起来感觉跨度挺大的。这些光阴似箭的岁月里，幸好有将心事付诸笔端的习惯，有流水记录的习惯。对喜爱文字的我来说，每一篇随笔都不随意，都进行了很认真的“心耕”。所以这七年因心有所寄，恰如行云流水。这些短小随笔中，有着我真挚的情感与态度，有别于《丹丹有约——高端访谈》访谈的理性。《丹丹有文》展现的是生活当中真实的我，是本真、感性又勇于跳开羁绊，按自己意愿过一生的丹丹。

媒体人、作家、心理咨询师，这些年不知不觉就拥有了这些持证的“世俗”身份，但内心深处依然觉得自己是一个站在旷野中翘首以盼的姑娘，盼望着永远的春风十里送我远行，对生活的炽热永远不减。

如果这些不同的身份能让认知拾级而上，它们就是重要的学习工具，是我向前探索的一把把利器。在我看来，散文要有诗歌之美，也更应该具备力量之美。充沛的情感力和动力源，往往是“心力”的合力结果，就像一颗种子的发芽，往往是默默积攒了大地的营养，最终冲破岩层成长为一棵参天大树。

七年行云流水，成就了《丹丹有文》的书墨香，也形成了喜马拉雅6亿听众有声传播的内容，当然，也是我理想照进现实的一份馈赠。

有一种触碰灵魂叫《卖米》

《卖米》把最硬的心都读柔软了。

点点泪光中的心情应是压抑。那个年代，所有的艰辛都赤裸裸地面对你：放田沟水、粜米……农村的孩子，早早就要帮家里干活了，农事一件都不能因天气的原因而有所停顿。父辈们匍匐在艰苦岁月下，孩子自然成了那种生活模式的继承者。摆脱不了，就只能在这种强大的生活场景里，跟着父辈们摸索、融合。刻骨铭心的苦，让每一根敏感的神经都深深打上了艰辛岁月的密码。

对《卖米》里的许多生活场景，以及整篇文章透露出的生活气息，总是感觉那么的近。《卖米》的作者因写作而坚强，是文字给了她和生活抗衡又相融的勇气。每一次生活的强度横亘在面前，她都能拿起文学“武器”妥妥地平稳过渡。作文，讲真情实感。这是小时候语文老师嘴里经常强调的一句话。记得从小学三年级开始，我的作文就成了课堂的范文，这导致每次上语文课都有所期待，因为通过老师读出来的味，要比写出让自己感动的那一刻体会，更加难忘。也不知道为何那么喜欢写作文，潜意识里，内心有一股清流在流淌，有一份美好的情感需要表达，在还没有写出来之前，就已经打好了腹稿，只等把它们变成文字而已。所以，两节课堂的作文时间，往往不用一节课就完成了。文如心，心如文，竟然是小时候

喜欢写作最大的享受。

还记得，当年没有什么课外书，有且只有不轻易看到的连环画。当知道语文老师家里的小阁楼有一箱连环画时，上语文课时都在想着，可通过什么方式才能读到这些书籍。帮忙收作业，帮忙批改作文，有意无意地表达心里的期盼……终于有一天，语文老师说有空可以到阁楼看。当时那种欣喜若狂，至今还记忆犹新。

阁楼上的书，可能存放太久没人触碰，弥漫着霉味，时不时还“闪”出几只蟑螂，有些书还被咬破了书页。当时视力奇好，小阁楼没有电灯，也不点煤油灯，我都能就着黄昏余光看到完全看不见才作罢。有一次，看入迷了，居然看到夜黑了还舍不得下阁楼，老师家里人以为我回家了，锁上了阁楼大门。那个晚上加深了我对黑夜的恐惧，无法形容。伸手不见五指的黑暗空间、壁虎的叫声、蟑螂爬动的声音，还有眼前闪过的无数想象的恐惧画面，我惊吓得一次次地叩响木门的拉环，好久好久才有人举着煤油灯过来开门……

是《卖米》的文风让我遥想过去。文字平淡却很真实，真实得触及灵魂。这正是作者文笔功底深厚之处，也是浸泡生活的悟觉，并非一朝一夕所能拥有的。没有对生活的切肤之痛，没有对生活的百般滋味，是断然写不出如此底蕴深厚的文章的。她的情感之真，打动人心之深，让人相信，用心经历的生活，不管酸甜苦辣都能活出生活的本真，引起共鸣。

对生活，躬身而行，是一种态度；对生命，积极不敷衍，是一种信念。情感真挚感人，那是挚爱之心。但，总有一种感动不能分析，让人情不自禁地泪眼婆娑，如《卖米》。

没有父亲的父亲节

今天是父亲节。我在从满洲里到哈尔滨的列车上。这么多年，我终于学会珍惜，学会表达情感了，但父亲已不在。其实，沉默的父爱并不是那个一直默默挑起家庭重任的人所特有的个性符号。这种理解，是要等你历练成任何时候都能匹配生活的高度，并体会到社会的种种艰辛时，才会对父亲所有的爱有一种全新的诠释：他正是以负重前行的沉稳、不苟言笑的担当给了家和孩子们最安全的屏障……哪怕在日后观念嫌隙逐渐扩大，误会加深，但内心深处最挂念的依然是他——父亲。

今年6月初回了一趟老家看望85岁的外公，其实也是想看看孩提时父亲住过的单位老房子。“姐，我们住过的地方在这栋楼的后面，我还记得楼顶外侧墙面有一摊红漆。”我开着车，弟弟把车窗降下，探出头去。那一刻，心里莫名一阵酸疼。往事一幕幕就这样涌上心头……

父亲是退伍军人，年轻英俊，被分配到供销社做了一名水利工人。我打小觉得每天酗酒的他是因此事而郁郁寡欢的。一碟花生米，或一碗浸泡的熟黄豆，又或是一把炒米，他都能把几两米酒喝得不亦乐乎，又喝得满怀心事。酒后，他会变得更沉默，但也更严厉。记忆里从来没见过父亲笑。不过偶尔会感受到他的“责任”。

插图作者：马西莫

父亲单位有一家猪皮烘焙厂，有时他会带一些猪皮回来。还有一家酿造豆酱的厂房，偌大的院子里，成年人般高的大缸有好几十个，里面贮存了发酵得黑黢黢的豆酱。放学后，那里是我和小伙伴们经常捉迷藏的地方。有一次他回来后不由分说地就拿了竹篾片小鞭子打我，母亲紧紧护着我，我则不明就里。母亲安抚哭过后的我才说，就在几天前有一个孩子掉进酱缸里被淹死了，父亲一急，觉得能打到肉疼才会有记性的法子是最有效的……

一个女儿，两个儿子，我感觉父亲是重女轻男的。记得，水闸电机房不远处是一条河，每次河水退潮时就会裸露出许多蚬子，河岸两旁的草丛里还藏着酸酸甜甜的树莓果。快乐的大自然让家长的警告成了虚设。我带着两个弟弟一路探险，挖蚬子、采树莓、摘酸酸草，玩到太阳落山要回家的时候，才发现大弟弟刚买不久的凉鞋不见了，脑子一瞬间蒙了，如何向父亲交代成了回家路上一个艰难的选择。

果不然，喝了酒的父亲一听不见了新鞋，暴跳如雷。竹篾片小鞭子密集地打在弟弟身上。事后，母亲拿药酒涂抹弟弟身上的红痕，我则一夜不能安眠。半夜听到弟弟疼得不能入睡的辗转反侧时，我心疼得眼泪把枕头浸湿了。那次父亲虽然没有责怪我，但作为姐姐没带好弟弟，我心生愧疚。也是从那时开始，我一下子产生了责任感，体会到了生活的温度。长大的感觉，应该是从感觉到痛那刻开始吧！

父亲用他微薄的工资，供养着三个孩子和一个没工作的妻子，其间的艰辛与最终选择沉默，多年以后的我再次回想起，依然可以感觉到那种喘不过气的压力。唯一可以感觉到父亲略微开心的时候，是别人问起他多少个孩子时，他报了数字还特别强调“一个女儿两个儿子”时的自豪。

生活的艰辛，让父亲选择了漂泊远方，母亲则挑起更重的担子继续生活。在父爱缺失的多年生涯里，父亲的影子一直盘桓在脑海，尽管那个模糊影子我得拼命拼凑。一直到大学二年级，父亲才从虚幻回到了现实，不过回到老家的他，已是弥留之际。孩提时候沉默的父亲，想必这个时候有许多话要对女儿说，但我只听到他含糊不清地对我说：好好读书，我有病别靠我太近……

世上有一种感情，不用他说，也无须你问，历经沧桑后会发现那是彼此心里最重的牵挂。这就是血浓于水的亲情。自父亲离开的那些年里，每一次艰难煎熬时，他留给我的没几次好印象的严厉、专断，甚至粗暴，都成了自我勉励的心灵武器，帮助我一次次迈过生活的坎，锻造生活的韧度与坚强。我想，这也是一把父亲留给我的最好的生活利器。要拥有追求诗与远方的能力，也要有把梦想照进现实的能力，许多人选择屏蔽生活的另一面，恰恰是自己必须勇敢面对的。在这个没有父亲的父亲节里，我想对您说，您的爱一直在我的血脉里奔涌，在生活的旅途中，您从没缺位。

我在满洲里飞速的列车上，祝天下父亲们节日快乐！

踮起脚尖，看到你

老家的老屋很多年前已被岁月掩上。就连所谓的残垣断壁也已不复存在。很多很多年前，总有一股乡愁堵在脑际，每当闲静下来总会想起老家那栋下雨会漏雨，出太阳会漏斑点竹影的老屋。

那些年回去得比较频繁。安排好工作，利用公休假哪怕回去小憩一会，内心都是舒畅的。过去，在久没人居住的老屋跟前站一会，就能获得满血复活的体验。只是，老屋在如今已没了影。老屋已坍塌，连泥墙也摇摇欲坠，那一块曾经热闹的领地，在族里的人全部搬迁出去后，成了一个人烟罕至的地方。

这些年，老家的人盖的新房越来越多，也越来越高，同时人也越住越靠近田垄。推开窗门，夜里虫鸣蛙叫，晨起露珠挂稻，乡野气息扑面而来。但留守的人不多，住多几天会有点孤清。有时候会在夜里故意把灯关掉，面对隐身于苍茫夜色里的自己，渺小感油然而生。

对一个地方，没有了集体的思念，总觉得少了点什么。

那间村里最早建起的砖房，清楚地记得是村里一个帅小伙用来迎接新娘子的“婚房”，但现在已没人居住。藏青色的瓦顶的灰更厚了，瓦顶上面堆满了经年的竹叶。从木栅窗棂往黑黝黝的房里看，里面堆满了柴草，由于鲜少有人走动，一股积年的堆草味正往

唯一透着亮光的窗棂弥漫。早已褪色了的木质大门，拉环喑哑地沉默着。我不敢触碰它，怕听到深藏内心深处的时光荏苒。这间老房子的主人如今已开枝散叶，足迹遍布珠三角一带，想必已很少回这里了。虽然，我小时候吃过他们的喜糖，也偷窥过新娘子脸上一抹红霞……

小时候觉得要跑好多圈都跑不完的晒谷场，如今成了拴牛、堆塘泥的地方，而且总觉得越来越小，得慢慢地踱步，就怕一不小心就走完了。以前墙沿旁落下的稻谷粒，雨后不久就冒出稻芽来。那些单飞的鹅，总趁着主人不注意偷吃几大口晒谷坪的稻谷，然后再吃上几口嫩稻芽，惬意的样子，倒是让大家都对此比较宽容，随意呵斥几声之后便不再理会，随它去。直到鹅吃饱，脖子如同扭着的绳子般滚圆，引来更多的鹅只欲大快朵颐时，大家才抬起竹鞭子驱赶它们。

寻常的日子，总在无声地流逝，却又是如此的刻骨铭心。

很多和蔼可亲的面孔，这些年渐渐成了一想起就既温暖又失落的记忆。自然规律总是毫不客气地告诉你，不珍惜当下，满满的后悔和愧疚就会在不远处等着你。那个时候的乡村，黄瓜特脆，荔枝特甜；番石榴是红心的，熟了就是手轻轻蹭一下，都能一天留余香……盛夏夜里的田畴，萤火虫飞舞，偶尔一道亮光由远及近，那是深夜看田水的庄稼人。

总有人，在热闹的城市里怀念着过往——那些甚至无法和别人分享的过往。那里有一段时光，会让你爱上孤独。只是这种热爱，让每次想踮起脚尖的我，都能想起你，想起无法再回去的童年、少年，甚至想起充满了满满乡愁的乡村。

岁月无声的馈赠

过来这里差不多半年了，还没怎么好好逛过街。中午趁着午休没睡意，跑到佛山佛罗伦萨小镇“淘宝”犒劳自己。

正逛着，80多岁的高中班主任来电，问了很多我工作及生活的近况。在过去20多年中，这些事情都是我主动向她汇报的。今天她怎么主动问这么多？我有一种潜在的不安。

说话间隙，我问她：“老师，您是不是有什么事情？”“莫得事咧！前几天不舒服住院，不过今天出院了。”我心一紧，忙从一间服装店跑出来，找了个安静的角落仔细询问事情缘由。跑出喧闹区，我听出了她的疲倦。老人家告诉我，前几天不舒服入院检查，发现肠道长了20多颗息肉，接着做了一系列治疗，毕竟年事已高，整个人都虚弱了不少。

老人家太倔强了。一如既往地高度自律，即使住院了也不去麻烦孩子，平日就是老伴赵师伯搀扶着看病，照顾住院日常。即使申请出院了，除了她的家人，我是她唯一告知的学生。她说，这些年来已经把我等同亲人、家里人了，觉得还是要告诉我，反正已经出院在家静养了。

偌大的过道上，人来人往，我的眼泪就这么一下子冲出来了。我已经习惯了这位政治老师在任何时候都中气十足地给我们提振精

插图作者：马西莫

气神了。听到她虚弱的声音，我的心一阵一阵地疼痛，这些年点点滴滴培植的师生情，已如血浓于水的亲情。高中毕业至今，我们的互动从没断过，20多年来我们的关系亦师亦友。

我高中毕业以来的成长与经历，她了如指掌。在她眼里，我永远是她政治课的课代表、得力助手。在我们眼里，这位自律温暖又严格的恩师，一直都有着独特的人格魅力。求学时，全班同学敬重她，步入社会后，在她日渐年迈的岁月里，我们更多了一份对她心照不宣的呵护。

我会时不时发一些我的作品给她看。这位可爱的老人家回复时能写信息绝对不说语音。每段话每个标点符号都认真严谨，和过去给我们在黑板写的板书一模一样。这些年来，我们建立了班群，这位“老母亲”一直以她坚定乐观、沉稳又睿智的品质影响着我们。她定位自己是我们的好朋友、老朋友，参与我们方方面面的互动、探讨，甚至戏谑。她就是我们当中一个极其认真又通透的“老小孩”，慢慢地，大家也放开了，说什么都畅所欲言。有时即使老人家不说话，但我们知道她一直都在看我们“皮”，她是如此开心和在乎。有时候我们七嘴八舌说完一大段，她却能很快地对每个人的发言都一一做出回应，她在用她的实际行动积极融入，她的不甘示弱让我们的心特别的踏实。岁月在厚爱我们的恩师，我们任何时候都觉得那个意气风发的老人家一点都没老，也不会老。

自从母亲走后，我学会了心的放缓。任何时候都要做到耐心倾听，有意识去体会用心的可贵，哪怕忙碌，也要忙而不乱。时光如流沙，那些曾经牵着我手走过一段路的你们，我也会像过去你们牵着我一样，牢牢牵着你们……

牵手，接力传递。我把它当作岁月的馈赠。

大约在冬季的故事

当《大约在冬季》的旋律缓缓响起时，还是注意到你指尖的烟竟然不由自主地颤抖了一下。整整一个夜晚，在别人的歌里，你却钻到了不轻易回去的记忆里。

你说，那年那个大约的冬季里，你险些丧失了生命。那个大约在冬季的海南之夜，从三亚开车回来海口的你，路途中口渴，看到路边的露天椰子摊便下车买饮料。路边一位残疾的流浪汉扶着你的车挪到另一边，你好心地把他扶到路边，就在这时候，一辆疾驰的大货车向你横冲过来，情急之下你愣在那里，是那位流浪汉一把推开你，他自己却被重重地撞倒在地上。有路人帮忙打了110，猛然醒过来的你立即把流浪汉抱上车，一路飞奔到海口市人民医院。

到了海口市人民医院，你把身上所有的钱都掏了出来，还把卡里的余钱全部拿出来作为预付的押金，流浪汉一度昏迷不醒。有路人见证，肇事司机也没逃逸，警察调查没费什么周折，大货车负全责。那天晚上，你陪在没有任何知觉的流浪汉身边，脑子一直不断循环回放那个被猛然推开的镜头。

那个没有任何天气感知的冬夜里，你想了很多很多，医生误以为你是流浪汉的家人，差使你交这个费用、那个费用……你使劲地楼上楼下跑，但你说，那些步伐里全然如灌了铅一般，重得喘不过气来。

你出生于20世纪70年代，最喜欢听经典老歌。尤其是《大约在冬季》，可谓百听不厌。从那个冬季开始，你不敢再听。这些年来，你让这件事情压得每夜辗转反侧。以前你总游走在谈判与执行的指令里，对这些生活在边缘的人群总是心存有心无力的同情，即使是这样，这种同情心很快也因快节奏烟消云散。“我的生命转折点，定格在那个‘大约在冬季’的夜里。直到今天，家里人也没有谁知道我为什么每一年冬季都要去一趟海南。”……只能静静倾听，或许，生活有许多不需要你知道的缘由，因为每一个缘由里，都有不能言说的往事。

一名心理医生的心事

“真的没有时间折腾了。我仿佛看见时光隧道中的我被裹挟着急促飞驰，天堂的极光世界距离我是那么的近……”每次停下来，脑海中的杂念总按捺不住往脑门冲。这是她不止一次自我疗伤了。身边有亲人，有因工作结交的朋友，其中当然也不乏情趣相投的人，但学心理学的她，深谙人性的劣根性，宁愿一言不发，也不向任何人表露她的隐秘。于她而言，即使从生活圈子里全身而退也要退得有尊严和体面。作为心理医生，十多年来，她心里积压了无数心理患疾的案例。感情、婚姻、家庭教育、吸毒、斗殴，甚至以治人为乐的官场秘事等这些大体的人间红尘之纠葛事，于她而言，给它们荡涤去尘，易于左右手相握。唯独，她走不出自己内心的阴霾，千宗案例不过是谋生手段而已。

周末，她会卸下精致的妆容，换上简便的宽松麻质衣服，配上一双平底鞋，独自出行。没有目的地，没有同伴，但每到一处都是心灵感应。让她一见如故的朋友，很少。但一旦遇上，她喷发的热情可让人感觉已是数十年知己，让人忐忑不安，手足无措。

很偶然的一次路上刮碰，我几乎没有一丝犹豫，下车拍照存证据。她当时只降下车窗冲我一喊：“不用拍了，算我的责任，我赔你。保险公司来了要折腾好长时间，耗不起时间。咱们靠边看看，

插图作者：马西莫

没啥大碍的话，就走了吧！”我当时一愣，冲口而出：“不用你赔，不用你赔。”就这样，我成了她的朋友。

真正的朋友，交深了，也会成为一种负担。常常疑惑于她截然不同的工作与生活态度。她是不少政界人士的私人心理医生，在这些人士面前，她不卑不亢。但一到周末，所有的私人邀约一概拒绝，她要尽情享受自己的小世界。一辆车，一个人，一本书，一套换洗的衣服，去到哪想停下来，就待在哪。率性而为，倒也潇洒。

常听到她的叹息一声比一声长，一声比一声深。基于她的职业，从不敢贸然提起。生活何尝不就是一声叹息！所有光鲜亮丽的职业，和乡下的袅袅炊烟，本质是一样的。各种欲念多了，心理患疾自然也就多了。她是他们倾诉的“垃圾桶”，同时还得负责清理干净。不给时间自己缓冲，估计她很快也是一个无人能治疗的心理医生了。

她经常问我，能治愈别人的“医生”却不能治愈自己，正常吗？我不能回答她。能写出别人故事的你，却不能给自己一个圆满的故事结尾，是遗憾吗？又有谁能给我一个回答？

年味

很久没有这么期待过年了。

这种期待，来自对重拾自由的珍惜。凡事有了比较，就有了刻骨铭心，哪怕平淡无奇的日常，或是如期而来的年。

年味，并没有因为我们成年很久就失去了，或者久远了。

耳边噼里啪啦的炮仗声，抬头就是亮了半边天的璀璨烟花，年味就这样扑面而来了。心情一下子就回到了小时候，期待过年穿新衣裳、长辈准备的红包、一顿丰盛的团圆家宴。

村头村尾放肆疯跑的丫头里，就有我。我放炮仗，捡炮仗，无惧那些迟迟没燃的炮仗，抓在手里药引子一下子闪出火星，手一扔立即响起来，耳被震得好一阵聋。跟着大一点的小孩在田间堆泥瓮烧地瓜、焖鸡……陈旧岁月的往事如今再一幕幕鲜活地重回眼前，原来年味一直烙在心间从未走远。

快乐，不过就是简简单单。为了这份简简单单，我们的父辈却付出了一年的劳碌。今天的我们，从不谙世事的小孩成了父母辈，为了这份简单的快乐，身上有了责任与担当。

简单的快乐，很长时间被我们层层包裹在心底，那些尘埃堆积得如此深厚。你何曾想过，有时候守望初心也是需要毅力的。

按照过去，信手涂鸦是我的惯性。

如今，有时候久久不能打出一段文字来。文字已经代替不了每个人当下的切身体会，包括我。我不过是芸芸众生中的一位小女子，和很多朋友一样，来自一个坐拥山水的小山村。

因不甘舒适区，折腾了好多年。这些年遇到的朋友太优秀了，各个领域各个翘楚，来不及深度消化，下一轮的精英又成了日常。我渐渐从观影者转变为深度学习的思考者。这些日常不是蜻蜓点水的缩略图，很多时候我得配备放大镜精读品味，并循序渐进。

开启沉静思考之旅，才明白得与失及舍与得的真正辩证之义。有时候人也得革命，革自己思想的格式化。

渐渐明白，坐井观天是一个非常可怕的固化模式。我把更多的注意力放在了自身，向内看，自己和自己处。处思想，和习惯较量，适应新的环境，继续勇于跳出舒适区。不得不承认，个体何其渺小，思想何其浩瀚。

克服困难和困境最大的障碍，不是别人，不是环境，而是自己。

从不曾忘记自己从哪里来，那里有年味的乡源；不曾忘记来的路，也意味着奔赴。我们之所以无所畏惧，是因为那些不确定性的未来，有着我们追求美好生活的续集。

从你的商业世界，路过

现在的抖音和其他视频平台可谓各显神通，也泥沙俱下。曾经也有好奇和猎奇之心，情不自禁地“刷！刷！刷！”，当然也对一些好作品产生共鸣并为其点赞。

但，渐渐地本能抗拒了，即使闲余也少关注了。

对于一些曾经是文学偶像的“大咖”，洞察其频繁冒头不过是为攒流量、为资本服务而已，便重新恢复了平视。特别是看到其被最终坐实是要攒流量做商业代言的目的时，我很自律地屏蔽了他们。

商圈有商圈的运营，文圈有文圈的坚守。我一直都是这么界定的。一个社会多姿多彩，行业要丰富但也要各守其则。如果一开始以情怀和纯粹切入你的心弦，最终发现不过是为了截流，融入商业性质，这种落差是有点让人怅然的。

人，作为独立个体，终究要学会一个真本领。那就是保持独立思想，有自己的判断和立场，更要有智慧定力。你喧哗你的，我安静我的，哪怕是寂然。

从你的商业世界路过，我的态度：如果你是商人，我会为你的事业壮大喝彩；如果你是文人，掌声送给你，坚守文风何尝不是一种风景？从社会纵深发展看，你的坚守也是一种社会力量。

一起过个“心”中秋

又是一个新的中秋节到来，这时间快得有点接受不了。

回望原乡，回望那个小小的个体，回望这一路的跋涉，回望这颗心的炽热依然，原来啊，这就是生活的模样。大自然的风雨裹挟，泥沙俱下才是原貌，唯有砥砺前行，一直做个拥有向阳心态的生灵，才能被时代和大自然真正地眷顾。

有位老师说过一段话，深以为然：从小就希望有一位可经年岁月牵你手的人，不许你沉沦，不许你随波逐流，更不许你沉睡……如果还找不到这么一个人，那就努力提升自己，在一个个拾级而上的平台里，找到一些志同道合的朋友，互相影响，成为彼此的良师益友。

心的轨迹，远比大宇宙更辽阔。既不能对世事做到无动于衷，也不能任由情绪作祟。既能成熟稳重地面对纷繁复杂的世事，也能保留一颗童真快乐心。这个心路系统工程的建设，有社会的担当和使命。完成社会赋予自己的责任，也能做到一个真实情感的个体，不负人间值得！

芸芸众生，炊烟袅袅，这才是一幅人间温暖的画卷。总有那么一些人，他们不但要去思考、探索、实践，甚至在一次又一次的失败当中无所畏惧，直到那个曙光出现……人生的诸多课题，都是一场体验和体会，多一些历练就多一分厚重的感悟，这就是所谓的生活好气质。

快乐由心，一起过个“心”中秋。中秋节快乐！

举重若轻，顺“得”

在顺德过的第一个生日。本应很多感慨，但潜意识里有意回避了。我知道有些原因只适合藏在心里，无关他人也不必关乎。

人性的本质，很大程度上都是无异的。不过是读书读多了几年，要兼顾和平衡，因此有了人情味及文明一说。当你有了稳定的认知和对自然规律的遵循之后，理性成了生活指挥棒，你就会发现你的世界真的与他人无关。

不要杞人忧天，更不要自作多情。给了你生命的最亲的人，与你情同手足的兄弟姐妹，因血缘关系框定了的亲戚妯娌，就是一个族群圈子。世袭的约定俗成，让人对社会有了一份依赖的“安全感”。其实，许多时候，你会发现这份“安全感”最终来自自身，他人不过是生活的辅助成分。

但要养成一个淡定自如、是非明确、心理强大的“我”，何尝不是集大成与深度的集思广益？努力突破一个个瓶颈向上拉伸，最终锻造成一个韧性个体，然后才能面对万花筒一般的生活，做到游刃有余。

当你内心像金子一般，珍藏那个最爱最亲又最不能坦诚触碰的人的时候，你才会感受到生活的厚重。也正因为这份厚重，才让生活多了一份责任与担当及意义感。

如何把人或事举重若轻，这是阅历丰富的一个成长，愿你一路理顺获得。

一路丰富灵魂

我虽说是码字的，但最近更多是向内看自己多了，懂得了适时沉默的可贵。

尤其是对两个地方的生活有了比较之后，看到了自己的不足，看到了更多的真实人生细节，自然有了不能言说的感慨。过往，如同今夜特大的圆月，清晰地投影了许多记忆。孩提时，晒谷坪上的最美斜阳，风吹过耳际的无声，落寞处一把把散落在田间的秧苗，还有一个敢迎着斜阳从让人眺望到滑落山那头的黄毛丫头……倔强的眼神带着果敢，那是注定要走一段弯路，丰富人生况味的人儿。

这个社会是大或小，取决于你的认知层次。读了书，走了路，换了环境，尽可能见识各行业“大咖”……后来才发现，原来最丰富多彩的生活并不是外界的光怪陆离，而是皮囊之下的灵魂。

人生路上，要做一个喜欢自己灵魂的人；每一个喜欢自己的人，都知道如何丰富自己的灵魂，那就是要找到令自己沉迷的事物。其间，懂得如何能达到精神高潮，是重要的成长标志。进入沉迷轨道之后，你会有比较。在日积月累中你会发现，堕入平凡生活的疲惫感，源于本来的沉迷时间被各种事务阻止和占据后，灵魂失去了补给。而只有抵达创造和表达的沉迷，才是丰富灵魂的“心流”。好的爱情是两个人的心流，好的家庭生活是亲人间的心流，人与人最美好的共振是于心流里同在。

人真正拥有的只有时间，唯一剩下的只有体验。我很赞同这句话。一切都会变化，人会别离，但我们要有许多确定性的时光，并敢于迈出步伐。

一见如故

遇上一见如故的人，是人生的盛宴。

这种一见如故，是厚重时光沉淀下盛开的一朵奇葩，平添了几分岁月可期和人间值得。

从湛江远道而来的老朋友，捎来两箱荔枝和一罐荔枝蜜，风尘仆仆的乡土气息，犹如昨日我在他们的田间地头攀谈……那个毗邻广西有山有水的小镇，是他们的家乡，自小从这里走出大城市，如今又携家带口从大城市回到鸡犬相闻的故土，经年默默耕耘着方圆丢荒的大片田地、坡地，建农庄、养水产、开垦荒地种植果苗、办厂加工农副产品……几年来蓬蓬勃勃地成了乡村振兴的头雁，也打出了标杆产品。

他们走的每一步，这几年我都在用心见证。从那头走到这头，距离虽拉远了几程，但熟悉的情感依然萦绕在心间。

快半年了，夜里醒来，还是常常恍惚不知身在何处。那些常怀揣感性的人，年轻时犯了不少感性的错误，到了一定人生阶段之后，也是这些感性让岁月有痕，有了一见如故的故事。

经年累月，你们眼里依然有热切的光。那就用你们带光的眼，继续逐梦。

你们是商人，是有情怀的商人，回故乡助力乡村振兴；我是半个文人，以重组文字为乐。这并不碍于我们在各自领域，一路欢歌耕耘。

把人生弹跳一下子

当你迷茫时你只管忠于内心，看看初心是怎么样的。坎坷或坦途不过是人生交响乐，找到初心你会觉得一切都是行云流水。

说来有点奇怪，过去哪怕没做什么决定，却有很多为赋新词强说愁的思绪井喷。这次在异地不但过了年，还确确实实换了一个新环境。有时候睡醒有那么一瞬间不知身在何处，但从来没有问过自己“为什么”。我知道，行云如流水正是当下。

走着走着就到了今天。回望，足迹尚有余温，淡然与从容却悄悄在内心扎了根。原来，希冀的美好，期待的结果，也正是当下。

感谢广袤温厚的大地，一直以各种各样的方式磨砺着我，也因为有一颗乐此不疲被折腾、乐于折腾的心呼应着。这世间的美好，不恰恰正是呼应吗？每个人的脑海里都藏着一个孙悟空，一个跟斗十万八千里任意遨游，何不快哉！但更多人愿意把其私藏着。我不过是燃亮了刚冒出的火苗，跟着温暖码着字笃定走下去而已。

优美的散文假如多了一份沉思与思考，那就不仅仅是有审美的价值了。当你列出一份成长清单，并有所侧重点时，你已经把人生弹跳了一下子。

人生每个阶段都需努力弹跳一下子，那些历练的体验就是人生高度的叠加。

为自己亮起一盏心灯

您的手机长号、短号，我会一直存记着。有时候，我给别人打长号时无意识就会拨打您的，然后赶紧挂断。我知道电话那头已不会有你接听，这个时候眼眶总止不住泪涌。我知道在未来相当长的一段时间里，这种心情不会时过境迁。

收拾心情是一种能力。今天自己最大的成熟，应该是果敢做事、勇敢面对，而且是抽丝剥茧主动面对。

慢慢发现，很多事情也不过如此。

给了我生命，也为我努力创造求学环境，最后还给了我思想的自由。细细从人生维度回顾，这都是您对我最好的富养。

人生每一个成长阶梯，归根到底需要自己努力驳接。过去，渴望自由的内心只能通过一本又一本书的阅读，期待能独立筑起一方水井。就算面对生活的波涛汹涌，我心依然波澜不惊。“纸上得来终觉浅，绝知此事要躬行。”生活、工作、人际往来、情绪管理，在这个社会万花筒里，每一个坎都是真实的痛。痛多了，也就豁然开朗了。

一个人的思想自由度，绝对是成功管理人生旅途的收获。这也是如何高配自己人生不可或缺的。管理自身永远是社会的较高学科，大智慧往往蕴藏在细小环节里，小温暖也往往在一瞬间打动人心。

所以，不管走到哪里，也不管走多远，永远为自己亮起最初出发的那盏小心灯，照亮自己的同时也力所能及地温暖别人。

我知道，这也是您对我最大的放心。

重阳暖

今天是重阳节。

说不清楚的五味杂陈，再往深层点想就不行了，眼眶发热。这天我喜欢看到笑容，最好是看到老人家的菊花脸。

我各行业都有所涉猎，有时候真的不是为了在别人面前武装自己，更多的是让自己看清、看透，从而看轻。一些负累的事情，说到底就是一堆心情或情绪起伏。但镜子得自己找，并善于使用。

越懂思考，越懂得驾驭幸福。从小在踏踏实实满是安全感的家庭中成长的孩子，将来出到社会，感性理性都将拿捏自如，他们的成就再不济也能大器晚成。孝顺、陪伴、用心用情的人际关系，从不会有任何阶段的断链，更不会懊悔没能更好尽孝……一环断链环环失扣，人生在奔忙中如果不断修补，又岂能有事事如愿？这天下对父母尽孝到底的子女，内心深处都有自己的一个结。这一脉相承的血脉里，都有一套温柔的密码。您蹒跚老去的样子，年轻时何尝不是一样风华正茂、年富力强？就犹如今天的我们。

挽起他们的手，皮肤松弛但温暖没变，只是眼眶不自觉就热了……

情暖，会让人一生牵挂。

看时间飞逝

时间于我，快如流沙。

看时光飞逝，恐一事无成，唯有奔跑。这些年，遵循内心，披荆斩棘，何其漫漫。愚钝的心智，也在一路奔跑中有了些许开窍。

这座城市，浓缩了我人生美好芳华的绝大部分，但还不是最美好的那部分。人间至美芳华，来自烟火的浸染，更来自内心沉淀后的从容。没有那些历练就没有了厚度，人生如纸吹弹可破。好的人品，即使岁月侵蚀模糊了容貌，在经久岁月中也会美好得让人温暖以及更有力量，这才是人间至美烟火味！那些心藏细腻总给人舒适感的人，往往在细节上就会给你真实感和真诚感。每每这个时候，我总觉得生活是如此的美好。我也许诺自己应以最细腻之心，感受当下的人和事，找到生活的真味。

今晚，我站在小山坡上，阵阵骤雨掠过，灯光下雨沫飞花。我静静感受时光飞逝，不再焦虑，也不再困惑。

你好，杨进英

清明了。

经过这段刻骨铭心的心路直面，我接受了你的真正离去。也正是你的突然离去，让我真正放缓了脚步。原来才洞悉自己背后的动力源，那根线一直都在你的手里。如今这根线从你手里移植到了我的身上。拿起了自我放牧的这根线，我知道未来不但要敢于直面人生的痛，不被困，还要更加明晰这个社会的多维度赋予人的一生的丰富性，做到弹性自如，活成一个自己喜欢的自己。

我一直不愿意写些关于你的文字，哪怕我最初痛得无法呼吸。每每站在你活动过的范围中，如超市、理疗室，看到你使用过的物品，如坐过的椅子和用过的泡脚盆……甚至见到你经常一起聊天的老姐妹们，我都无法抑制如雨泪水。直到今天，每一天出车前，我都习惯了在空气里和你说一声“出车了”。我的书你每天至少看一页，这成了你每天的必修课。你走了后，那页被折的一角成了我内心的锥痛。多少个夜里，我用你仅读了小学三年级的理解能力和自豪的心情，一遍遍地将自己置换成你去阅读，那一刻我仿佛成了你，杨进英。

一生好强的你，开朗善良又乐于助人。你用你的坚持和毅力，换来那么一点点聊以自慰的虚荣心，这就是你的人生意义和价值。

如今回过头看，能稍微满足你一点虚荣心而努力得到的每一点收获，就权当是一种孝道吧！

人生的长短，幸福感指数，都在至亲骤然离去的那么一瞬间有了重新的定义。每个个体都有属于自己的内心体系，你以一个最朴素的母亲角色，呵护着儿女健康成长已属不易，还得背负起超出个体体能或心智的责任，开拓出一条人生山道。母性的韧性与光辉都是天下母亲的专属特点。我更愿意从深一层来探讨你。曾走南闯北的你，见识远比学识多。你的每一个决定，都隐含着没有任何退路地向前的豁达，也都是未来我们往上走的一个个台阶，这个心路历程与荆棘丛生的人生之路一脉相承。别人看不到的智慧，我最懂你，杨进英。

越懂自然规律不可逆转，越懂得人生意义和追求，越要把握好内心本我。静止的你，动态的我，都是存在的，或意念或精神或爱。我在不断努力提升这份感知力，让你和我无处不在。

你好，杨进英。

我与扶贫的那些事

脱贫攻坚战，从三年精准扶贫时限又延续了两年，变成了五年。今年是收官的关键年，这段时间回访五年来的一些典型扶贫产业项目成效，内心深处还是感慨万千的。

怎么就关注扶贫领域了？是缘于一个很温暖的细节吧。记得是2016年5月下旬，我在湛江市坡头区南三镇政府采访时，无意中遇上刚带队过来湛江的佛山帮扶工作组。现在反思当时我是有些不

礼貌的，句句职业语气，还带点咄咄逼人的锋芒。一支来自佛山的200多人的驻村工作队将要分散到整个湛江市163条省定贫困村帮扶。佛山帮扶工作组有4个人，1名司机，3名队友。作为核心领导层，他们4个人3年内不但要在163条贫困村来回奔波，一大堆考核任务也接踵而来，譬如精准识别、扶贫项目调研、如何持续造血等等。时间如箭在弦，每一位驻村干部都如踩着风火轮运转。我记得第一位采访的对象是南三岛五里村来自佛山监狱帮扶驻村工作队的何劲先生，他就住在村委会二楼的一间简陋房子里，随便搭起来的一张木板床紧挨墙壁，墙壁上面还有漏雨的墙缝。最让人难忘的是，他的头发或许几个月没剪了，长得他都不好意思面对我。黝黑的脸，不爱说话，中午吃个便饭还没端起碗扒上几口，村里一个电话过来，放下碗就跑……5年里，驻村工作队有太多让人感慨的事情了，有驻村干部的爱人分娩了自己却不能在身边的；有奶奶离开人世最后一面也见不上的；有隆冬夜里停电点起蜡烛继续入户慰问的；有几个月都无法回一趟家、小孩追着看上去很像爸爸的背影叫“爸爸”的……我见证着，也被深深感动着。

一个不是一般爱美的女子，老往尘土飞扬的乡村跑，假若没有一些打动内心深处的东西，是无法坚持专注走过这5年的。我一个人在163条贫困村500人左右（5年里分两批交接）的扶贫队伍中，乐此不疲地跟踪报道。为此，我自诩“村姑”记者。也正是这支用心用情帮扶的队伍，让湛江的乡村有了一个全新的面貌基础；而我有了这5年深入基层采访的扶贫经历，也更喜欢乡村了。多一份村姑的淳朴气质只会让我更直率。

其实，早在当年第一次遇上佛山帮扶工作组时，我心里就对自己许了一个承诺：他们在湛江帮扶多久，我就会跟踪报道多久。3年、5年，我真做到了。如今回过头，那段岁月充满着激情，也浸染着我的热爱。

那个时期，我根据国家扶贫政策的走向、步骤，不但做了阶段性采访规划，也策划了不同的主题，5年一个人采写了500多篇扶贫报道，先后超过60篇扶贫专题被“学习强国”选登。充实的扶贫采访让我有了更多的获得感、价值感。我像挖到了一个泉眼，汩汩清泉沁人心脾，我在乐此不疲中全然感觉不到时光的流逝，5年不过一瞬间。

我真正感受到热爱的力量，在这种热爱下不久就会发现自己也会发光，并且照亮自己。很难想象过去的那些年，我常常是一身正装全国飞，进行《丹丹有约》栏目的高端访谈；第二天却出现在扶贫基层做报道去了，一顶草帽，素面朝天，在尘土飞扬中，在火热的阳光下，风雨不改奔赴在扶贫一线。

马不停蹄地奔跑，两种工作环境的随时切换，我都能在各自的领域交出答卷，这也让我更好地保持了媒体人的初心。5年后脱贫攻坚战收官，回顾过去有太多的不易，但点点滴滴能让人感动余生。最重要的是，佛山、湛江两地共同见证了这段硕果累累的峥嵘岁月，湛江乡村的富美和乡村振兴更不会忘了他们。那也是一朵永远不败时光，开在我们内心深处最真挚的情谊之花。

不说的，都在岁月尘埃里了

从2018年3月8日启动《丹丹有约》栏目以来，我终于跨过第一道门槛走过来了。这种“走过来”的真正含义，说的更多的应该是心境。把心境走宽，未来的日子会不会更笃定?

访谈的嘉宾，他们是商业圈的天之骄子，行业的领袖。其实，每个“他”的内心深处都藏着一个童真而有趣的灵魂。

童真而有趣的灵魂背后，是他们更高的智慧。作为民营企业的“龙头”，他们对社会发展的思考往往意味着发展方式变革的思路，他们保持着前沿领航的敏感。转变发展方式意味着跨越或变革。他们是行业精英，在走向成功的路上，除了执着、专注，数十年如一日的沉淀和坚定信念，还要有冒险精神。听过太多他们九死一生的创业故事，如今说者风轻云淡，听者却感觉犹如海里波涛汹涌的一叶扁舟，在风浪里漂摇。今天站在行业前沿的他们，面对面时的淡定从容，是历经沧桑和人生挫折后沉淀下来的坚毅与自信。从磨砺中出来的大气和胸襟，既有从不绕着走的果敢，更具胸有成竹的信心和策略。

这是这群人的共同气质。有人说，不进到一个圈子，就无法体会到这个圈子拥有的共性。他们经历过的远非你们所能想象到的，那段经历于他们而言是创业，也是人生，他们是值得敬佩的一群人。

天生感性、喜欢组织文字的人，我算是一个。只是漫长浩瀚的历史中，传统里那些有故纸堆底蕴的历史学家，总觉得少了些什么。一袭长大褂的衣袍，岂能一辈子成为故纸堆里的复制者？敢于从规矩中突破，敢于直面惨淡或绝望人生，恰恰都是这些行业潮人背后的共性。“世界上真正值得说的事不多，就像真正过不去的坎也很少一样”，风轻云淡说出这句话的人，你绝对想象不出他曾经一次又一次陷入绝境……

颠覆性的改革或变革，永不停止的创新之路，他们的思维导图永远都是超前的，他们属于真正的改革家、锐意进取的先锋队。要把整个世界装下来，心岂能狭隘？既有掌控大场面的智慧，也有专注细微处的聪明，这是他们的睿智。

或许，他们也有许多藏在内心的话，那些不说的，都在岁月尘埃里了。

夜静心宁

栏目一旦忙起来，人就像个梭子，精力几近透支。

每次都是这样，值完一周的班就开始安排出差的计划。动车开通了之后，起码在心念之间没有了体力疲倦的负担。居住在最南方，走了一趟最北的旅途，再横贯东西城市，中轴城市数着算，偌大的祖国疆土，瞬间就在脑海里展现了一张地图，那么近！低头赶路的人，路走多了，抬头看的时候才发现，所有的风景、人与事，甚至世道艰难都被越过。

最美的享受是什么？是独处。不存在孤独也不存在寂寥。没有了白天的喧嚣，没有了你迎我往的客套，你会发现归于沉静的夜晚是多么的可爱。

你在奔跑的道上，渐渐遇上了和你同步伐的人。之前只是在纸上谈兵的大道理，一瞬间都给打通了，所有的努力不过是让自己真正明白一个道理：置身名利场不被控。

骨子里倔强的个性没到关键时期，是没办法体会到影响之深的。虽然很多心性都是被后天潜移默化所影响的，当有了自己的追求也就有了信仰，而信仰会随着丰富的阅历更加坚定，这个时候，源于骨子里的天性就很自然上了轨道，它会让你自动屏蔽或过滤杂质，在属于自己的时光隧道里飞驰。

碎语无章，是为杂感。

不速之客“小强”

国庆节假期第一天，我正聚精会神发朋友圈，眼角余光无意间看到门框边静止着一只“小强”，赶紧把视线从手机上移开聚焦到它的身上。或许是对我的视线有感应，“小强”开始拼命找门缝钻，发现门缝太窄了，钻不进去后又静止了一会，然后抬起头探索了几下，似乎又不慌了，与我对峙良久后，看见我没有任何动静，对其未产生“威胁”时，居然胆大了，慢条斯理地在门框边爬来爬去，一点都不着急逃跑的样子。我有点气也有点急，感觉到鸡皮疙瘩在慢慢聚集变大，情不自禁打了一个冷战。我尽量保持身体一动不动，但嘴巴张开的时候，如同一支冷箭一般的“求救”声，把平时也害怕“小强”的小子逼得慢慢走到距离“小强”5米之处。

“算了，别伤害小动物吧！”小子佯装不以为然。

其实，“小强”长得“丑”是一回事，让人无法抵御的是它会“飞”。而且你根本不知道它什么时候使出这个招数，展翅飞翔是有方向性的，可以对着人俯冲过来，又或者像战斗机一般对着人冲来，谁不起鸡皮疙瘩啊！

我怕自己身体一动，“小强”就慌慌张张地跑了或者先发制人“飞”起来。我只能不断地用僵硬的语气“求”小子赶紧“救援”。手足无措的小子马上拿来一把扫帚和一个垃圾铲，慢慢靠

近再靠近，尽量让身体倾斜，用扫帚触碰小强。真实感觉到威胁的“小强”突然被惊动，要跑出门框区域了。“它要飞起来了！”我一下子叫起来，小子本来是轻轻触碰的，一下子被爆破音刺激了，一瞬间就加大扫帚按下去的力度，把挣扎中的“小强”使劲地往垃圾铲里推，并以最快的速度倒入马桶。同步，我摁下了冲水键，“手舞足蹈”的“小强”在强大的水漩涡里转着转着就消失了。

“小强”，乃可恶的蟑螂也。

小林老师

小林老师，真名林帝浣，网络文化达人。

第一次关注小林老师的公众号，就被吸引住了，这种吸引，是来自内心深处的钦佩。烟火般的生活，被一个大男人过得如水墨画一般美。他的一支笔，把他表里如一纯净的内心世界呈现得淋漓尽致。如果不是2016年11月，中国二十四节气被列为人类非物质文化遗产，许多人还不知道幕后的他。正是小林老师的一组《二十四节气》国画，被中国代表团选中为申报推介宣传画，一举惊艳了联合国教科文组织，成为申遗成功的完美助攻。二十四节气由此被誉为“中国第五大发明”，小林老师也因此成为“中国节气申遗画作第一人”。

说起约访小林老师，颇曲折。平时小林老师除了在中山大学上课，忙得一直在路上。但公众号作品的更新，从来都会在特定时间里出现在大家的视野。每次他推出新作品，我第一时间打开，阅读量已是10万以上。深厚的国画底蕴，生活的烟火气，全在他漫画里娓娓道来，让人同感，让人深思。生活的立体感在每一个人面前徐徐铺开，让人感触颇深。数次出差广州，约访小林老师的计划一直在脑海间挥之不去。

微信上约，电话上约，真正约上小林老师已是数月之后了。但，心里还是惊喜的，毕竟照顾着目前至少固定百万粉丝的小林老师，能腾出时间已属不易。摄影界的段子手，漫画界的美食家，这是网络界给小林老师的标签，还真是形容得恰如其分。看他漫画上的美食，逼真得可随时勾起深夜的馋思和乡愁。要领略中国古文却让你随时为平凡普通而感动。这就是小林老师的真正标签，也是最感人之处。

画面的传统文化美，没有强大的咀嚼意志力，在沉淀中清澈，是难以体会的。而小林老师的水墨画，再生涩的古诗词，搭配柔美的段子、漫画式的诙谐，融为一体的时候，人们总在会心一笑之余，不自觉领会到中华文化积淀的古韵。

游走于心灵之上，感悟于生活细腻之中。

人在古道，心在旅途

决定到一个有山有海的地方——台山走走，真的是一时兴起的决定，连找玩伴也是。

去一个陌生的城市，找个陌生的人认识一下，应该比纯粹出去旅游的念头要强烈点。台山旅游局没让我们浪费时间做攻略，还精心挑选了一条最有当地特色的路线，让我们开启穿越500多年历史的心

灵之旅。

刚收割完晚造稻谷的田地里，稻香还未散，稻秆堆燃起袅袅白烟，在日落黄昏下，飘过田野，不时就遇上了突兀冒出的一栋栋青砖斑驳的古洋楼。稻田旷野与高高耸起的骑楼一起，有了少许欧式庄园的感觉。让人更称奇的是，有些村落整片都是古洋楼、骑楼，上百年历史的古楼里，大多数已是人去楼空，但也随时可见在天台走动晒腊味、鱼干和菜干的村里人。“我一共有十几个田鼠夹，收割稻谷时一天可捕捉到好几十只田鼠。剥皮后，用洋酒浸泡，风腊干。大的腊田鼠上门收购价格是每公斤1000元。自家种的菜，晒干不卖，专供在香港工作的女儿吃。”横江旧村的王伯向我们展示他的劳动成果时，纯朴的笑脸很快感染了我们。我注意到干净的灶台下，王伯烧的柴火是豆荚藤。小时候村里煨豆荚，噼里啪啦弹跳出豆子的情形，一下子闪现于脑海，我情不自禁地摸摸早已变黑的豆荚干枝……走过开阔的晒谷场，村民正翻晒稻谷，我捧起一把稻谷久久不舍得放下，带壳的稻谷香味扑鼻。一了解，原来这里的珍香米是全国有名的。

村里的土狗，尤其可爱，从村头走到村尾，它们对陌生的我们总是摇头摆尾，以示友好。过来的路上，时任台山旅游局局长雷克告诉我，台山汀江文化走廊值得一走，我当时就对“汀江”两字萌生欢喜。汀江又名大同河，源于当地山脉，跨越台山端芬、斗山两镇，流出南海，是台山历史上华侨登船出海、漂洋移民的主要水道。汀江文化走廊，涵盖了汀江沿线多个百年华侨历史的侨墟、商埠、村落，以及两岸美丽的田园风光。目前，梅家大院、海口埠、斗山墟镇、浮月村、东宁村、横江村等中西融合的华侨历史建筑保存完好，浮石飘色、台山广东音乐等地方特色文化历久不衰。

从美国回来致力开发无人岛旅游资源的陈忠东，被当地人誉为“旅游界最年轻的元老”。为一心一意主攻旅游，他主动把美国绿卡取消了，跟当年已90岁高龄的商界前辈陈庚一起快乐折腾。“到

岛上发个呆，回来足够养神了！不信上岛发个呆去。”开心快乐的陈忠东把快艇安排好，让我们穿上救生衣后，居然头也不回地忙他的去了。或许在他的念头里，快艇那根缆绳一放，他就必须弹跳出去了，因为从深层次看，旅游的含义更应该是一个人的“心游”。古舟岛是台山赤溪镇海角城的一个无人小岛，也是广东省距离岸边最近的一个无人岛，坐飞艇38秒不到就可以“飞”过去了。岛上石头多得随处都是，叫“石头岛”一点也不虚。

岛上，在视线广阔的平台，一把休闲椅子，一杯调了蜂蜜的百香果汁，就可以不觉时间流走地等到与日落黄昏共融的绝美景色。岛的那边，群山半拥，岛的另一半敞开迎着大海。三三两两的渔船、轮船与夕照相辉映从岛边驶过，鹭鸟翱翔在不远处的水际间，美得让人不自觉地攀爬上了大石头的高处。这下子视野更开阔了，可以全身心拥抱全景。

怀念一个人，像山一样重

昨晚回到家已是深夜11点，却没睡意。

流水账般写下这篇短文已是凌晨1点，早上醒来，发现眼角挂泪。

过几天就是重阳节了，突然想回一趟老家，没想到被老妈制止，前所未有的严肃。老妈不是一直埋怨我工作忙成一个滚轴好久都不回一趟老家吗？怎么又不给回去了？后来才得知，老妈的一位好姐妹刚去世不久，不管是从哪个层面出发，都不愿意我近期涉足带有悲伤气息的地方，哪怕那里是我的老家。听到她好姐妹走的消息，我愣了好长时间，回老家的兴致一下子低了好多！先前从老妈那里知道她病重住院，暗地里打算抽个空回去看看她的，没想到工作忙起来给忘了，等到我知晓，她已走了差不多半个月。对远在他方的游子来说，不管家乡距离多远，却也是很近。因为那里有熟悉的人，有看着自己成长的乡亲，回老家从另一个层面说就是回去看看他们。如今，看着我成长的她居然没等到我回去就走了，一瞬间我有落空的感觉。

她是老妈做媒嫁到村里的，按农村的约定俗成，农村做媒结成的“关系”，互相走动得比较频繁，关系比亲戚还好。

自小，我对她却是一直又惊又怕。小时候，最怕听到她的声音。那是一种可以直接扼杀一切美好的声线，爆破力如惊雷。顺溜的骂声如机枪扫射，随手拿起的木棍、树枝，是装模作样要给不听话的儿子一顿落雨般的痛打，倒是吓坏村里的不少孩子，大家见到她都在惊惧中逃避。为此，大家暗地里还给她起了不少绰号。

不停地絮絮叨叨，又不停地忙里忙外，剁猪食、上山砍柴、插秧割稻谷、挑肥育田、做饭、喂家禽等，在所有的家里家外事务上她都是一把好手。在她眼里，她丈夫怎么做都不够好，而她每次一顿毫不留情的痛骂后，仍会接过丈夫手里的活再精耕细作。丈夫习惯了，只是笑，很快她也跟着释然，和他一起笑起来，难得一见的羞涩。那是我记忆里见过她最美的笑容。

“干吗不用柴火做饭？用电饭锅做饭得用多少电！费钱的哪！”每次她见我用电饭锅做饭就责备，凑近电表看飞速转动的刻度。因此，每次远远听到她的声音，我就提前躲，哪怕是躲到

满屋都是鹅粪的鹅棚里，被公鹅追着啄也不敢出来。

人未到，先响雷，当时确实后怕。后来离开家乡，人在他乡待久了，偶尔发呆，跳进脑海里的居然是她最多。有时候不自觉遐想：现在的她，声音依旧不依不饶吧！她的孙子会不会也被吓到呢？想到最后连自己都傻笑起来。每年清明，如果我们临近日期没有给一个准信，她就会主动来电提醒，该买什么什么了，该安排谁去把山头的坟草铲掉了，工钱如何结算等。掐算好返乡的前一天，她会把久未住上的房屋打扫干净，还炖好鸡粥，做好饭菜等着我们回来。等见了面，她依旧絮絮叨叨，再怎么讲究她都能给你挑出要说的毛病，全然不顾及别人的感受。不过后来大家也适应了。

踏入社会经历了一些事情后，我从逃避、敷衍，甚至惊惧的状态中，慢慢感受到了她别样的温情。虽粗糙但真实得实在，也是最朴实的温暖。这就好像回到乡下时，坐在满是沙土的地上却没有感觉到有任何不适。

静静地回忆起这些，心里很伤感。老妈也是，一提起这事眼眶就红，说话不自觉地哽咽。我怕她伤心过度伤了身体，一再向她保证以后要放慢脚步，尽量抽时间看该看的人，不留遗憾给自己，老妈才稍稍舒心一点。

匆匆写下这些，已是凌晨1点，我没有按照平时的时间表作息。我只是怕一早醒来事情太多、时间太赶，内心的百般思绪不写出来会无处安放。虽说世间万物遵循自然规律，但很多时候健忘也是规律。这么多年，您为我们做了那么多的事，我还没向您当面致谢，总觉得每年您都在等着我们回去……时光匆匆，催人老也不会等人。

闲言碎语，如拉家常一样，既是念想亦为纪念，愿您一路走好！

共享·家乡甜·珍稀味

或许，没有人会理解，对一种浆果念念不忘三十载的执着是什么。

无关味蕾，无关独特（如今确实已鲜见）。它承载了当年最艰难时期所馈赠的美味与向往，得以在若干年以后的今天，能屏蔽所有过去的灰暗岁月，给你所铺展开的只是一片甜香伊甸园。这个理由简单得或许让有深厚阅历的你哑然失笑。

山里的孩子，自然有山水相依的童年。

山里野果虽多，但能叫上名字却难以用书面表达出来的也多，它是其中一种。存放记忆的河边年年有溺水事件发生，但依然阻挡不了孩子们热烈的向往。那是因为河岸两边的草丛里藏着万绿丛中一点红的它。叶子带着锯齿，整棵低矮的植物长得绿意盎然，果子成熟期，锥形如螺帽的浆果，红得诱人，每颗浆果都挨得密密的、挤挤的。河边水分足，浆果长得硕大肥美。我和心急火燎的玩伴一样，总迫不及待地伸手采，因此常常会被锯齿割到手，留下几道血痕的印记。但比起天然美味的浆果，这又算得了什么？熟透的糯软，红得透亮，细细闻，它自然的微香沁人心脾。挑最熟最大的往嘴里送，还没真正咬下去，浆果已绽裂开。果浆溢满嘴，满嘴甜香。少时不识品，加之玩伴多，现采现吃，来不及让味蕾细细享

受，已经又进行下一轮的抢采了。午后烈日当空，兴致不减。采多了吃不完，就往裤兜里装，回来才发现裤兜一片残红，浆果已被压扁得不忍目视。心疼之余舔浆痕余味，引得大人一顿臭骂……这是记忆中最珍贵的甜香。

过去，家乡当地方言叫它“邓荡”（谐音），其实它的学名特别好听：树莓（或履盆子）。小时候绵延数公里河岸的树莓已被采得所剩无几，连半红半青的果都没了。等山里也偶然见到它的影子时，平时不怎么喜欢放牛的同伴主动拿起了放牛鞭。放牛只是幌子，采果才是内心的秘密。记忆中，童年的肚子每天盛装树莓浆，可谓百吃不厌。就连平日忙于农活的大人，干农活的间隙也会采上一些放到口袋里带回家让孩子们开心一下。

这些年它的野生影子越来越鲜见。多年后的今天，没想到有人种出了连片数万亩的树莓，不仅可生吃到鲜果，还开发出了树莓酒。连片的数万亩的树莓，该是如何的壮观！那是一座辽阔的甜香果园啊！太让人憧憬了。

按捺不住激动，想办法购买了一瓶树莓酒。当开酒器缓缓螺旋式拉出瓶塞，一股熟悉的浆果味氤氲漫开。伴随醇厚的红酒气息，我情不自禁地摇荡杯中樱桃色浆酒，轻浅品饮。

若干年之后，我才知道骨子里对树莓的执念，是因为一直有故乡的山水之恋。在那个单纯的世界里，首先是树莓惊艳了我们的童年。树莓不但红艳得抢眼，也香甜得芬芳。这种刻骨念想，就算把一颗树莓放在掌心，厚重感也是可以直抵心扉的。

山风猎猎，河岸翠色依然。那点点鲜艳如昨的玫红果，一直让记忆鲜活跳跃。

寂寂的芳华

阳台墙角下开了一片星星点点的碎花，琐碎得眼花缭乱。谁想要把这里打造成一个城里的田园，一有空就帮忙折腾，花、菜、果苗，甚至还捎来几只母鸡养着下蛋？反正，阳台热热闹闹的，长满了生气。

在我眼里，它代表着另一种活法。注视与否，花开草茂就是春。能从一棵草里嗅到春的气息，自然多了一份对时光的细腻。时光有印记，一个时代的烙印，并不存在隔空的记录。譬如儿时的玩伴，不见多年再聚时多了客气和刻意。熟悉在那里，陌生也在那里，这就是印记。

老家是青春常驻的，尤其在春天里，是思念的源头。

老家不老，是因为还有人记得离开的你。只有看着你长大的长辈，才仍然用熟悉的乡音打通记忆的渠道，把你多年念念不忘的冲动熨烫平静。年轻时的他们，拥有一副好身板，自然是田间劳作的一把好手。夏季薅草，秋季割大豆，虽是苦差，倒也任劳任怨。隔壁家有一个高高瘦瘦的邻居，薅草时，庄稼才不过五六寸高，而他将近一米九的个子，即便是蹲下，腰还是要弯成好大一个弯，头压得低低的，像一只巨大的煮熟的虾。秋天割大豆时，腰实在是弯不下去了，就从家里拿两块厚厚的破布扎在膝盖处，跪在大豆田垄里挪着向前割。被太阳晒得红黑的脸，汗如雨下。那时敬畏农事各出奇招，没有一个人会笑话，相反，给当时的我们，无声地上了一节深刻的课。

对二伯父的记忆，就只有他酗酒的往事。当年的他，因懂农村迷信活，方圆十几里都比较有名气，生活自然过得比较滋润，习惯了被簇拥和不用伸手自然来钱的好处，整个人意气风发。待到改革春风吹来，整村青壮年外出务工，二伯父的好光景不复。不会务农，没人唠叨，二伯父自然酗酒更厉害。醉酒后摔跤的事时有发生，多数情况是村里人帮忙抬到家里去的。清醒后，二伯父也意识到酗酒的危害，然而却一次次重蹈覆辙，甚至越来越严重。多年后，我才明白，他之所以要把自己灌醉，是因为想通过这种方式把过去的人气聚拢起来，从而感到一种安全和暖意。

多年之后，不管是去了城里的，还是留在村里的，走着走着就有了不同的人生轨迹。当然，彼此曾经有交集的往事终将也会慢慢变得不再泛起涟漪。

一朋友曾和我聊起他的老家情结。说每次在傍晚时从远方回到村口，都是掌灯时分。从前以为那些灯是一个个家庭的温馨，但现在，那片在巨大的黑暗中摇曳的微光，仍是亮，是暖，是那个村庄和生活在其中的人们活下去的希望和力量。不知为什么，这么多年漂泊在五光十色的大城市里，依然忘不了那漆黑中如豆的亮光。我能明了他的内心，这何尝不是我心里的“老家”？在多少人的眼里，就是这一点点的微光在支撑着他整个人生。

不过人生一个小插曲

很久之前曾经做过一段不算太长时间的情感说吧主持。没想到事隔多年，依然被人记起。

“感情的事，谁都给不了解决问题的答案。除了时间。”农历鸡年的大年初一，他以倾诉者身份告诉我，他用近20年的时间才在感情纠葛上画上了句号。

他告诉我，年关朋友圈里处处是喜庆的气氛，也许失去了情感的取暖，他感到从没有的陌生感。鸡年凌晨刚过，他试着逐一给朋友圈里平时常联络的朋友发新年祝福，但没多少人及时回应。百般滋味外加心灰意冷，弹尽最后一丝烟灰，他决定离开这个城市。

“不错，我半辈子都在利欲熏心中生活。男人的奋斗目标永远是事业，得有野心。但过于在乎名利，过于逐利，还是会栽跟头的，我就是一个案例。”他很直截了当。他告诉我，目前把事业重心往西部开发，湛江只是即将远离的一个驿站。“我只是一个曾经的说吧主持，现在已到了新的岗位。”我不得不提醒他还没有进入主题。“如果我说，所有的情感纠葛不外都是因为格局不大的自我沉沦，你会相信吗？我给你打这个电话，不是要倾诉什么而是请你相信一句话：男人也是重感情的。最有说服力的理由，就是我用20年才做出这个决定。”新年的炮仗声此起彼伏，他后面的话我已经听不清，最要命的是，网络信号也没了。

“新年快乐！说吧主持！”不久收到他发来的新年祝福。礼尚往来的一个新年祝福回发过去，他很快回道：“向西部出发！”

我伫立良久。说什么呢？这世间有种温暖，在笑声中氤氲，只有悠长的阅历才可从中品味到至臻的澄净。尽管那些期待鲜花到来的节日，犹如行走过来的脚印，渐渐如雾霭里的缥缈，已越走越远。两个陌生的人在陌生的土地上一路跋涉，相濡以沫，本身是一件很艰难的事情。虽并肩欣赏过那些奇绝的风光，也遇见过形形色色的面孔，经历过那些曾经累过、笑过、患难过，甚至争吵过也感动过的浮光掠影，但让人一瞬间的感动已不是这个年龄所属。

一切该发生的和不该发生的，影响力全在你理性认知下的心态。就算认知不唯一，不如把它当作“不过人生一个小插曲”，而我能做到的只有祝福你的选择与决定。

人在他乡只是“稀客”

湛江的夏天，酷热。

而北京刚好遭遇重度雾霾，北方朋友让我帮预订酒店暂避雾霾。朋友是来自北京的律师，借助到湛江受理案件的机会躲霾来了。来之前手头有几个外地大单供选择，他独独选择了湛江。代理八千多万元的赔付，终究不只是磨嘴皮子功夫那么简单，直至离开时案件依然没有任何进展。但湛江，却给他留下了非一般的好印象。

人还没到湛江，几个北京朋友致电或明说或暗地里提醒，要做好东道主导游的本分。只知道他是国内有名的律师，但没想到，名气大得连北大教授也“点名”，这就不得不暂时安排妥当工作，致力做好导游功课了。只是这位北京律师朋友，除了工作，更喜欢独自阅读陌生城市。在湛江的10天时间，8次电联他都在忙碌。直到离开的前一个晚上，他才在一个咖啡厅里向我打开厚厚的一堆卷宗，陈述代理该案件遇到的种种难题。既然在这里没办法有所突破，只能暂时撤离。

“北京有湛江天空一半美丽就不得了了！这段时间在北京，鼻孔天天都是沙尘。但再怎么糟糕，还是得回到北京去。”摘下金丝框眼镜，他笑盈盈的脸上全然感觉不到他在工作上遇到的阻力。

过去，也有外地朋友称赞湛江的各种好，但真正要到这里生根发芽做“土著”，付诸行动的毕竟是少数。他也一样，适应并习

惯了大城市的高效率、高收入，以及潜意识里大城市的存在感。即便他在北京也是人在他乡，归根到底只是“稀客”。多少人和他一样，最终还是选择了现实或被现实选择。

南三岛黄昏

和许多湛江人一样，一直忽略了它的美。

这座拥有“中国十大美丽海岛”之一美誉的岛屿，因一个偶然的工作闲余，我走进了它的黄昏。

夕阳下，村庄，野草，醉人蓝的天边，凝脂的安静。只有沿着海边的观海走廊漫步时，你才会在阵阵海风中拢紧发丝。海滩

太静，海浪偶尔调皮，我们说话的时候，感觉整一片海都在仔细聆听……

这个时刻，最敬业的应该是摄影师。他已经把无数的美妙镜头尽收囊中。沙滩上，已经有人率性脱掉高跟鞋。

多少人走在旅途中，多少风景从你眼前掠过，又有多少美好光阴随着时过境迁风轻云淡。但愿每落足一处，悦景，悦情，悦心，便是游了一回。

葵花园

广西贵港武宣县的葵花园，钻进去再出来，已是满身花粉。

朵朵怒放葵花，凡·高在世亦迷失。

百崖洞，寻清泉。一路碎阳光。

怪石嶙峋的山崖，随处可见潺潺山水从高处飘落。

将军第的后花园，长长的廊道里，虽然积淀了厚重的历史尘埃，但风里依然飘逸稻花香，婆娑竹林下的鱼塘，清凉沁脾。

秋菊芬芳在故乡

这么多年，从来没有这么认真仔细地感受过她。

用30多年的心路历程转型，换来像母亲拥抱孩子一样的恬静，就算是迟到了，总比藏在心底的奢望要好。由于成长土壤不一样，从小要离开她的急迫念头，至今都无法用文字或语言表达。身在异乡，历经种种人生滋味，仿佛有一段时间已经忘了始点。

当第一次有想回家的念头时，真有点迫不及待，尽管归途路上暮色已渐。沉默的夜色，把多年离家的身影紧紧包裹，车灯下的稻田，萤火虫般闪过金黄的一抹，然后倏然静默。踩着夜色，心软如棉。原以为坚硬的外壳下还是藏着一颗玻璃心。当清凉的井水滑过皮肤，仿佛又回到了孩提时光。

清晨，远处淡淡的山雾漫起来，映衬着眼前平如镜子的河塘，村里少了青壮年的热闹，整个村庄宁静得如水墨画般，温润如玉，美得随时可以触手可及。

村里的一个傻大姐，来到村里时就已严重智障，从小就被村童戏谑，我还因此和戏谑她的小孩干了一架。看见我回来，她咧开嘴笑，我竟然有种熟悉的痛感。或许，在她的脑海里，我不曾远离这里。

一别二十载再次见到她，嫁到对面村的女儿在路口正帮她剪头发。平时很少笑的她，见到我一直憨憨地笑，连她女儿都觉得奇怪。“那谁谁娶了一个智障的女人回来。”记忆中，这消息在村里散开的时候，几乎人人都去看稀奇。狂躁的她最终因为生了女儿变得温顺，虽然在抚养孩子的过程中出现很多危险事件，但都有惊无险地度过了。时光匆匆，女儿也嫁了好人家，每天都会回来看看母亲。剪发时，女儿暖暖地看着母亲，母亲柔柔地回望女儿。女儿每给母亲拢一下齐耳的短发，拉整齐发线，我都能感受到傻大姐母亲如婴儿般的幸福。

多年惦念，此刻一直牵挂的心终于放下了。

脑海中，村里还有一个跛脚的放牛大叔。向村里人打听他的近况，说多年前他就走了。他们不知道，对一个从孩提时代就走出去的人来说，大叔最无私的善良曾抚慰了我那段黯然失色的时光。

跛脚放牛大叔已经与山岗同眠。他这一生最熟悉的伴侣就是牛了。他跛脚，瘦小，语言表达不清晰，每天的重要任务就是放牛。特点是脾气倔强，容不得别人的半点欺负，激动起来会用赶牛的鞭

子毫不客气扫过去。记得孩提时，晒谷场露天电影散场，晚归，调皮的男生趁着夜色在拐角处吓人，他便用那鞭子教训了几下。剩下孤独的我害怕黑夜，他就不停地在半空甩鞭子，响声一直伴随着我回到家里。很长一段时间里，他的牛棚里总有一窝无主的鸡蛋。每次见到我，他就塞到我手里。我推却，他呀呀地摆手，转身一跛一跛地继续放牛去……

只是，没想到一转身就是数十年。村里人也许没想到，有一个人一直封存着这数十年的秘密；他们也许更没想到，我每次回去，除了拥抱故乡的山水，还有就是看看曾经温暖过我的他们……致我家乡最可爱的人们！

槐花城京城夜

当金灿灿的丝瓜藤开了花，当紫色的扁豆花爬满了屋前的木廊架时，盛夏在蝉鸣和暴雨中悄然结束。当针尖般轻触的秋风渐渐透出一丝凉意时，这片被商家蓄意炒作的海湾，慢慢安静了下来。

多年前，他执意要到外面的世界闯一闯，待闯荡成了习惯，连回家都成了一个工作议程的点。“到哪里都不会待超过一个星期。这是保鲜期，也是保质期。除了北京的家，不管到哪里，7天是一个离去的临界点。”对他而言，7天的逗留绝对是讲质量的，再浓烈的情谊，一顿酣醉，彼此也了解得差不多了，再聚就多了一份无言的尴尬。对他而言，除了工作交流约上几个对口的朋友，不用几天便可对一个久未谋面的城市有大致的新况了解。

我们几位来自南方不同城市的媒体同行，从中国职工之家饭店出来，由于喝了点小酒，只能坐上代驾司机的车逛北京之夜。北京的夜晚，安静时安静，但聒噪起来也会让南方人有点不适，譬如深夜飞驰的跑车驶过后，刺耳的马达声久荡不散。

有朋友推荐感受一下北京后海的“小丽江”韵味。闲暇之余，欣然前往。到了才明白后海只是其中“一海”。什刹海，也叫北京护城河，其六海中的“后海”以“小丽江”声名在外。日落时分，跟着奔涌的人潮，也去凑热闹。后海的热闹，首先是从两旁啤酒街

的音乐点燃起来的。享受一个人静静地从护城河边走过，细细品味现代胡同里各种文化互相融合的感觉。狭窄胡同随处可见见缝插针停靠的京牌车，京味浓厚的脸谱饰品，檀香纸扇子，以及几乎人手一对的把玩核桃和四合院门外挂着的遛鸟笼……还没从护城河袅娜的柳枝与笃厚的四合院中分离出来，两旁的酒吧已陆续奔放出了各款音乐

声。天边还残留浅蓝一抹，但酒吧街上的行人已越来越多。一切刚刚好，在后海转弯处，与两位美女会合后，就在顶层镂空的酒吧上，在凉风习习里，一边听着动感的音乐，一边喝着茉莉花茶，把心放空……

满街槐树，待到槐花繁盛期，有多少老北京采花制作槐花糕？那会，满城槐花香，该是多少老北京的甜润之梦！穿民居，走胡同，不经意中碰上的都是挺有来头的退休“大官”，头衔多得你目不暇接，听不全也记不牢。唯一让你记牢的是他们的热情，行云流水般地侃大山，还有深藏的几手技艺。门前几盆精心打理的花卉，赞人毫不吝惜的甜语，在那个时代走过来的上一辈，竟然如此与时俱进，让人不得不佩服京城的“博大精深”。

多年前，曾孤身一人进京“赶考”，那个时候，5毛钱就可以乘坐公交车走遍北京城。当年心有忐忑，怕迷路了，这次出差，居然工作闲暇两不误，着实是意外惊喜。

漫天迷雾不失语

多久没有收拾心情了？

每一次和你柔和的目光对视，心里总不自觉地打战……被岁月磨砺得坚硬的外壳，如冰遇火迅速融化，荒芜的心在慢慢归拢。“已经出差回来了？以为你还在北京。一直不敢给你打电话。”不管人走多远，你总是用固定的模式“爱”着浮躁的心。

这些年，故乡的老人一个一个地传来离世的噩耗，让你平添几分无人能解的忧郁，你也在渐渐地注重个人保健。只是，一向硬朗的你柔和起来居然让人有点不适应。

除了本能地打招呼，很多时候找不到欢快的话题。一个晚上，你可以绕着几个孙子这一杯水、那一杯水地忙碌着，稍稍坐下要和你唠嗑的时候，你总会把远去的记忆拉回来，仿佛昨天就在眼前。过去，总认为这是代沟，让你一个人自言自语也无奈。尽管如此，每次你背过身我还是能听到你心里的一声喟叹。

一次偶然，听到歌手李健唱《迷雾》：你可知道在你的故乡，有人在等你回来，念念不忘，年复一年许多事变了模样，种着庄稼的土地长出了楼房……在柔美音乐里，一切如雾，又一切如海，无边无际地从眼前急遽而过，心却在原地打转。你的心也许就是被这种如雾如海的回忆缠绕着，孤寂中的等待与无语，最后变成失语。

亲人间的失语，会不会是心灵密码的失效?

谁的心里都曾有过一团“迷雾”，它应该是心灵“枷锁”。很多时候，它是心锁桎梏。让人迷失方向的“迷雾”恰恰正是要找的坐标。你在，坐标就在，哪怕迷雾重重。有一天，我们会成为你的坐标，你会因为坐标更加淡定从容，我们之间的失语会变成一片欢语。

岛之眼

这是一个与世隔绝的静谧海岛。海天一色湛蓝如碧，晨昏光线变幻多姿，岛山上树木葱茏，花影缀间。间或飞艇驰过，碧波粼粼，漾起白浪花絮，彼此逐荡，随后袅袅浪痕，温柔复原，又一片如镜碧玉与你相对。小岛屿，徒步不足3个小时便可走完。海水碧玉可人，天空湛蓝怡情，常绿灌木丛、乔木环岛，处处是随手可

拍的佳景。站在高大礁石上举目远眺，但见远处海岸线边小山峦起伏，环拥一池碧水海湾。夕阳西下时分，帆影点点，映衬着落日余晖海面上的金光闪闪，好一幅斜阳渔晚……

码头上的帆船桅杆，肃穆宁静，在远近静谧的一色海天下，显得尤为深邃与高冷。一艘紧接着一艘的游艇，尽管始入港湾掀起热闹的浪花阵阵，但很快会恢复平静。

小岛屿山上的吊脚小木屋，背靠山，窗临海。推开窗便能一览海天纯净。清澈见底的海边，泳者甚多，却鲜闻喧闹声。临海边的餐馆，各色海鲜琳琅满目。当柔美音乐缓缓响起，你会发现，倚栏忘形沉醉者众……

与小岛屿仅蜻蜓点水一遇，但美得如此纯粹的色调，却让人深刻得走心忘形。一座走心小岛屿，人走了，却把心留下了。

橄榄香

十几年没见的表弟从深圳过来看他大姨，可把我妈妈高兴坏了。由于多年没走动，交流少，面对挺拔俊朗的表弟，陌生感还是油然而生。在忙碌又陌生的人潮中，不管亲情与友情，熟悉与亲近都得有一个共同的生活闸门。只是，这个情感闸门打开，我们最希望泄洪的奔涌又有多少已变干枯？

在熟悉的人身上会看到许多记忆，感悟到许多逝去的情感碎片。尽管有岁月的伤感，但岁月沉淀中的温厚，何尝不是在伤感中历经千锤百炼而成？

表弟说起最多的是外婆的村庄，但我从懂事开始就没去过了。过去的山清水秀如今不复存在，浅浅的河滩被轰隆的抽沙机抽得泥水浑浊，还时不时有溺水事故发生。村里的绝大部分青壮年都奔赴外地“淘金”去了。少了耕耘与管理，地里的玉米不再香甜，田里的稻谷不再饱满，连山上的橄榄熟了都没人采摘，熟透自落……山道已被浓密的山草覆盖，连放牛的老伯都已辨不清……今非昔比的失落感油然而生。

出去的人多了，村庄自然就空落了。记得有一年冬天和朋友去了一趟她老家，是深夜到达。但见不远处的村落，隐在荒凉的山坳间，灯火稀疏。偶尔几声狗吠，在寒冬的夜空中，空荡荡地响起，又空荡荡地落下，我可以感觉到山村的悲凉。这不能不让人怀念曾经人气鼎沸的村庄，不管走到哪里，她在你的内心始终是一幅让人温暖的水墨画。

夜里的雨再大，外婆还是踏实地抱着我，我呼吸平稳地睡到自然醒。没自来水没井水的外婆时代，全村人全靠村边河水生活。河水因大雨变得浑浊，村里人就在河边挖椭圆形沙坑，沙坑里的河水渗出澄清后，再用木勺舀回家做饭。农机肥浇灌的芥菜，每片叶子肥大得像一把大扇子，青翠碧绿，刚下锅就洋溢出浓浓的青菜香。放学回家没事干的男生，用稻草编成几条结实耐用的稻草绳子，几个人拉着稻草绳往浅河以最快速度向河岸一拉，就能拉上不少“调皮”的小鱼。生猛蹦跳的小鱼，全是白花花的鱼肚在眼前晃……家里的土狗看小主人开心样，故意叼起一尾小鱼撒腿就跑，等到大家去追它的时候，它已经把嘴里的小鱼放在沙地上，憨憨地看着他们……

村里有好几棵上了年份的橄榄树。每年采摘橄榄都是一件大事。由于橄榄树大且高，好多棵树的树枝散开绵延到河的中央。为了安全起见，村里人采摘橄榄时在长竹竿顶端系上镰刀，镰刀会连枝带叶割下来，很多时候橄榄掉到河里的要比掉到地上的还多……熟的橄榄是紫色的，腌制的橄榄味道特别，属于越嚼越香的那种。而墙角边永远都堆着小山高的橄榄核。我们经常拿石头敲开橄榄核，细细品味泛着油光而洁白的橄榄仁。因梦里有橄榄味萦绕，所以并没有感觉时光的荏苒，有的只是失去了重回的勇气，和害怕面对沧桑的脆弱……不如就让那幅曾温暖人心的水墨画永远定格在心底吧！

到白茅海看“牡丹”

大陆南端有一个很小的海湾，小得仿佛一个拥抱就可以环揽。但，就是这么一个袖珍海湾，让人别后久久难忘。小海湾有一个很美丽的名字，叫白茅海。那天下乡，历时将近3个小时的车程。当四驱车穿过厚厚的木麻黄林带沙地进到这个小海湾时，我莫名就有种触动。放眼看去，晃动的艳阳金光不远处，小筏船、渔船，点点帆影随波逐浪。而我站在高处远眺，风清云静，静处感受动感，舟车劳顿的疲惫感顿失。与海浪呼应的风力发电风车，轻柔地转动巨大扇翼，洁白身躯和轻纱变换的一抹蓝天衣袖衬得楚楚动人。新矗立的白灯塔，成为一行人关注的焦点，纷纷举起手机拍摄。与新灯塔相距不远的旧灯塔，如同历经沧桑的老者，漆灰的塔身依稀可见残缺的部位，身边只有粼粼波光轻拍。完成使命的它，终将逐步消

失在人们的视野里。而它的静默，何尝不是长久的期待？绵软的沙地，高跟鞋陷进去带出一股如水柱喷发的沙弧，同行的人在后面打趣。索性脱下鞋子，没走几步竟然发现沙地上怒放如牡丹的“太阳花”！肥硕的叶子润得可以掐出水来，淡粉中点缀的深点红，在一色的沙地上傲然怒放、挺立。这种历经严酷环境的花儿，果然不愧被尊称为“太阳花”，在艳阳下开得更艳、更大气，自然也更美。震撼间，细细一看，远处沙地里尽是星星之花影。我低下头，俯视花朵，花香隐隐，来不及细嗅便淡然飘散。顽强，怒放，傲然，它的芳华只与这小海湾日月同辉……路过的我们，目睹它的美，只能算是一种幸运。对于全村1000多人却仅有60亩可耕种土地的白茅村庄来说，打鱼成了村民最重要的经济来源。村民对我们的到来很热情，介绍起小海湾的宝贝，如数家珍。小海湾鱼资源尤为丰富，不管放啥鱼饵，都能短时间获得大丰收。“这是我们白茅村的鱼仓库，随时来都可以尝到最鲜美的海鲜。”这种热情与好客，于我来体会，更多的是一种精神富足的豁达。茂密的木麻黄林，葱茏蔽日。穿过松针缝隙仰望蓝天，天地间一片静寂，唯有耳边的轻风，喃喃而过。假如有空，有伴，这个坐落于湛江市徐闻县锦和镇白茅村的小海湾，是值得让你心灵寄托的驿站。

丢了鼓浪屿的梦

厦门鼓浪屿，在很多人心里，是与浪漫结伴的。日前借公差一遇，竟有点遗憾。带我们上岛的是一位胖得可爱的小伙子小付。出发前，他对着一早就明晃晃的太阳嘀咕：“今天回家，又要自我表扬一次了。”踏上鼓浪屿，才明白这是一句有“豁出去”含意的话语。据说，鼓浪屿历史上曾历经十多个国家入侵，岛上留下了为数不少的异国风情建筑，但鲜少对外开放。好不容易参观到一所德国人建造的建筑，进去发现已沦为打着介绍德国手工艺制作名号实则买卖糕点的饼店……

岛虽不大，但我们徒步的路程也不多。盛夏下的环岛路，艳阳直逼，热气蒸腾，每个人都体会到全身汗如雨下的难受。岛屿上的凤凰花，一年两期花季，去的时候正逢凤凰花开，处处可遇娇艳吐蕊。可惜再美的花，也吸引不了我们急着匆匆离去的步伐。居民区太密集，建筑群太密集，商业氛围太浓厚，抗拒恍惚间，甚是想念湛江南三岛湿地公园的生态美。

寂静的巷道，热闹的街铺间，总会和一些肩挑水果的小贩擦肩而过。箩筐盖上面，堆放着插着吸管的百香果、串着卖的小莲雾果，至于街上时不时闪出的小吃店窗口，还会发现炸酱虾、菠萝饭、蚝仔煎蛋、各色鲜花茶……热闹的街巷倒是干净整洁，无奈再

美味的佳肴，有了实地的比较之后，却更加怀念湛江的美食及原生态的岛屿风情。

与鼓浪屿的这一匆匆而过，心里滋生出莫名的遗憾。也许是期望值太高，也许是如今的岛屿开发都已大同小异。总而言之，往昔憧憬神往的鼓浪屿，已成为过去的一个传奇。

我的外婆，风风火火

外婆是旧社会的地主女儿，由于嫁给贫下中农的外公，在那个年代也没怎么遭罪，一连给我生下了六个舅舅，两个小姨。生性开朗、活泼的外婆，家里家外都是一把能手，沉默不语的外公对外婆自然言听计从。

快人快语，齐耳短发，为了擦汗方便，一块手帕永远搭在肩膀上，走起路来如风一般的快。外婆从不儿女情长，整天乐呵呵是她的标签。外婆多才多艺，让我待在她身边不多的童年岁月，充满了难以忘怀的眷恋。外婆可以在黑乎乎的牛粪堆里发酵出洁白蘑菇，可以在河边搭起木架子晾晒出香喷喷的萝卜干，可以在稻谷收获期用稻秆串回来活蹦乱跳的蚂蚱，可以盐煮出夹带葱花的弹牙木薯片……

最让人惊讶的是，外婆还不怕蛇，赤手空拳捉了好几回蛇。记得一个雨后的早晨，早早就翻山越岭收割毛竹笋的外婆，回来时吓坏了村里的人：一条碗口粗的蟒蛇，紧紧缠绕着外婆。外婆双手紧捏着蛇头，一小步一小步地挪回家。后来几个大男人帮忙才把约30斤重的大蟒蛇卸下来。刚把蛇卸下的外婆，一转身就往回跑，很快又担回了一担脆生生的毛竹笋。

外婆喜欢唱歌，但歌词都是自编的，很多都没固定的歌词，其

实就哼个调，自个儿享受。有月光的夜晚，兴趣骤来的外婆会在厨房昏黄的油灯下，一边熬着木薯糯糊，一边抱着我哼安眠曲。睡意蒙胧中的我，耳边时不时听闻蟑螂的振翅飞翔声，恍惚中感觉外婆会灵巧地逮住它，然后把它放在灶肚里烘烤。不一会儿，香喷喷的味道就把我的瞌睡虫赶跑了。烤熟的蟑螂没有了翅膀，看起来也就

没那么可怕了。小时候，乡下厨房里的蟑螂，烤熟了就像烤竹虫、烤稻谷蚂蚱那么美味。换成今天，哪敢吃这个东西呀！现在见到会飞的蟑螂，吓都吓到脚软。

离开外婆后，好久都没能再见上一面。等到能见上一面，她却已意识模糊。等待，最终等来一个永久的遗憾。

高考的沸腾
刻在血液里

又是新一轮高考。

小伙伴们都在紧密配合一线和后方的报道工作。网约车司机接的预约的订单也较平时频繁了。前几天一个夜里，开着车无意识地一脚油门就到了高中母校。好多年前坐过的那间备考教室，沉默矗立在黑暗里。旁边的教室灯亮着，但总觉得太沉闷。物是人非，眼前的一切在心里已热闹不起来了。过去，那位对我们如母亲般关爱又严格的班主任，还有其他科目的老师们，在完成当年林屋机械厂聘任任务之后，就返回了湖南老家。这里只剩下记忆，剩下独自缅怀的我徜徉着，追忆着，也感怀着。

当年，很多同学都有一个非常明确的目标：排除万难，决战高考。因为现在回想起来，许多细节都能佐证。倒是我从不知高考对自己的重要，从小严格习惯了，除了上课听好课之外，很多时候是任思绪随风飘荡。

到了高三，大家的脚步忙碌起来了。夜里，宿舍里就寝时聊高考话题的渐渐多了起来。有那么一刻，我心里不是紧张高考，而是多了几分伤感。相处了三年的同学很快就要各奔东西，大家同一个宿舍，同一个班的时间会越来越少了。这种伤感越来越强烈，到了临高考前一个月，大家都可以或回家，或自由安排时间复习时，竟然有点怅然若失。

倒是有件事让大家多年后回想起来还啼笑皆非。高考前一个晚上，班上有超过一半的男生通宵看球赛去了。记得同一个考场的同班男生，就坐在我前面，监考老师还没发试卷，他已哈欠连天。困得实在没办法，就用手把垂下去的头撑着，拼命用指头掐太阳穴都无法让自己清醒。高考结束后，才知道班上超过一半的男生在考前一个晚上去开房看球赛，差不多凌晨才沉沉睡去，幸亏班主任及时发现，他们才没耽误考试。班主任事后告诉我们，他们开的那个房间一片狼藉，东倒西歪的啤酒瓶被扔得到处都是，电视机自个放着，横七竖八睡在地上的他们，呼噜声此起彼伏。班主任好不容易一个个叫醒。睡意蒙眬的男生，有的穿错鞋子，有的光着膀子乱套衣服，有的还没洗漱……

高考是青春旅程中一个美丽的驿站。我们用怎样的青春方式祭奠人生的真正起航？高考完了，就意味着屏息内敛埋头苦读的1000多个日子结束，开始追逐梦想，放飞青春了……还记得，第一次看到职业班宿舍楼扔下书籍，伴随着呐喊声几乎要震撼整栋宿舍楼时，对于那时被誉为乖乖生的我们来说，心底居然有难以抗拒要加入的冲动与欲望。满天飞舞的纸屑就像心中被解封的无数花蕊，兴奋得仿佛可以听到次第盛开的心声……

多年以后，才惊觉每一段旅程都是如此匆忙，如此萍水相逢。有些老同学，一别再聚已是人到中年。再见时，那些密密叠加起来的友谊，在日渐难再遇上的日子里，显得多么弥足珍贵：同寝室舍友，相处的互让、每次大考前的挑灯夜读、周末晚返校的共分享家肴……回想起这些共处点滴，眼眶就不由自主地热热的。

水深静流不是真青春。有一种青春的声音，叫沸腾。沸腾的青春是用来实现梦想的。愿明天的你们为梦想加油！

凤凰花开听花语

凤凰花开的模样，连男士都心花怒放。今早路过开发区财政局一号桥，一棵怒放的凤凰花树，伸出满树花冠，如烈唇般红艳，吸引了不少路人引颈驻足，流连，拍摄，也逗得过往车辆缓慢行驶观赏。

花海如潮，梯级状绽放。随风摇曳，如火艳般的花瓣簌簌飘落，凤凰树下，早已是人面花映别样红。怒放期的美，真是可以摄人的，美得张狂。花瓣脉络清晰有活力，手感挺拔带润。凑近簇簇花堆，淡淡清香撩人醉，鼻翼不经意中沾上暖黄的花粉，痒痒的只想打喷嚏，却又在一阵阵清风里迅速消散……

“再不抓紧时间欣赏，花期很快就过。我现在就在凤凰树下等你。”凤凰花树下，一个眉清目秀的帅哥在电话里唤女友。热烈、奔放，凤凰花开得恣意妄为，浓烈得让男士都心生荡漾。

凤凰花季，一树灿烂花如海。可否一起相邀赏花听花语？

夜色无边　夜幕无语

好久没抬头看夜空。今晚徒步，无意中抬头一看，发现天空的云，居然是淡蓝淡蓝的，如轻纱飘逸般地倏然闪过。放空脑海，静静地随着云朵飘逸迅速闭上眼睛冥想：耳边仿佛是外婆蒲扇的柔柔轻风，皎洁的月光下，蒲席上睡着几个捣蛋小屁孩，说着闲话的大人慢慢地打起了瞌睡。夜渐深渐凉，聊到最后睡意袭来再没力气张口，才各自抱着孩子回屋……

今天，105岁的杨绛先生去陪钱钟书了，和她最爱的先生和女儿团聚去了。“取暖的火熄了，也该回家了。”105岁的杨绛先生坦然面对生死，却用童真的心把百年岁月过得简单而从容，在幸福而平凡的岁月里，细细品味出爱情、人生、仕途等各种“大人生”中的“小简单”。温婉，平和，朴实，但字字珠玑，直抵人心。

远处霓虹灯闪烁，人声渐渐稀少。脑海中许多熟悉的场景、面孔，和头顶上空的流云般穿梭依旧。这属于一个人的记忆。杨绛先生的归家，她留下的温暖文字与至真至善的灼见，是属于数代人的记忆。每每困惑，她就在你身边。喜爱杨绛先生，此夜细絮语。

朋友圈里闲庭信步

我不知道此刻的各位在想什么。但我知道，很多事情我们不知道，很多事情我们知道后又被弄得不知道了。这个时代快得吃顿饭都不能好好消化。各种奔跑中，我们留下了速度，却也丢失了许多东西，同时也让持笔的人失去了一个应有的心态，比如耐心，比如坚守，比如安静。朋友圈中的迫不及待，如同给每个人安装了一台加速器。时间在速度里飞闪而过，找不到笔慢慢写来，也无法娓娓道来。苍茫的外部与深邃的内部，理应说圆说透的，就是圆得没有了线条和角度，透得不像在玻璃的另一边。可惜，用心的未必遇上有心的。

因职业原因，我每天走在信息前缘，走在资讯前沿，但依然有种收获了年轮却浮躁如萍的感觉。朋友圈时代，精神食粮非常充裕。人们的个性化得到极大张扬，就连平时小隐隐于心的低调虚荣也走上了地毯，处处“风景”独好。仓促一读已不胜负荷，多数只在万绿丛中闲庭信步。静心之余，回想读书时代的诸多学士、隐

士，每隔一段时间就要到僻静处寻幽晾心，恐是苦于同路人之少，没有共鸣的潮起潮落，只得让灵魂在大自然中闲庭信步，期待灵光一闪，留下千秋美文。

至于僻静，该躲的还是要躲，该藏的也要藏。心，有时候要裸睡。朋友圈适宜踱步。踱步进去，可招呼，可吆喝，可嬉笑怒骂……带着愉悦，只需闲庭信步。

夜读，阑珊处

紧张忙碌的工作之余，最惬意的事就是阅读一本易于消化的书籍。享受阅读的快感共鸣，哪怕放下书籍后，脑子重新归于一片空白。向往，是心好久没独处了。只是，喜欢的事续不上后，竟然变成了萦绕脑海的念想。

某一个工作夜归的晚上，被一间小咖啡店的音乐吸引。小咖啡店有限量版的咖啡杯，有难得一听的珍藏唱碟，最让人欣喜的是这里有书柜。浏览其上图书的作者，居然有不少大学时代爱看的熟悉的名字。年轻的女老板，想必也是看透了我的心思，一杯现煮的蓝山咖啡，一碟自制的抹茶饼，静静放在书桌前，调好阅读灯光，并无其他语言干扰。一直在找安妮宝贝的《春宴》，没想到在这里巧遇。“认真的阅读也会受伤，如果还不具备独处心性，有意识地选读，定会让人遍体鳞伤。”女老板看见我拿安妮宝贝的《春宴》时，微笑着提醒。也许它是一抹芥末，我未必经得起它的辛辣。在我看来，安妮宝贝的作品虽然多数略带灰色调，但其最擅长洞悉人心，直抵核心。一直奇怪，如此冰雪聪明的女子，何来如此丰富的生活感受？

对于专门体验生活，并把其作为笔下素材的作者，不知怎的，读她们的作品，字里行间总有胶水黏合的不畅。尤其是以文字营生的，这总该是一种遗憾。

一人一本成名作，但未必一人一个故事版本。但这都无碍，夜色渐浓，随兴随来，哪怕一杯温开水，一张旧唱碟，一本老书，也是一种久违的生活态度。给心来一次孤独之旅，甚好。

岁月豁口

自从放弃了染发，母亲的满头白发让人触目惊心。

母亲每次发现我有意无意的凝视，总不好意思地自语：不碍事，自然规律。爱美是因为自信，但，那成了过去。历经曲折与跌宕起伏，如今她剩下来的只是注重健康的理念。自小印象里，母亲爱美，手也巧。她可以通过自学的缝纫手艺，紧跟时代潮流缝纫出各款服饰，尤其是给我缝纫的裙子，布料虽然廉价，甚至有些还是别人不要的布碎，但经过她的手，缜密的针脚，流行的款式，让我在童年时成为美丽的焦点。三年封山育林，让当时农村的柴火奇缺。为了解决做饭柴火问题，母亲和村里的几个姐妹经常到十几里路远的山岭收割柴火。很长的时间里，我总在母亲窸窸窣窣拿镰刀和用具的响声中醒来又睡着。等天蒙蒙亮，要起床上学了，母亲早已把满满当当的一担柴火挑回家并做好了早餐。柴火草上露水清凉，搁在青石板上的凉鞋被露水湿透了，凌乱地沾了不少泥巴。灶膛里的柴火未熄尽，锅里清甜的地瓜香已袅袅溢出。偶尔有看山的人到村里巡逻，一旦发现新鲜的柴草便会没收，连镰刀都不能幸免。机智的母亲总能侥幸逃过。为了补贴家用，胆大的母亲在毫无经验的情况下养起了兔子。当时家鼠特别猖獗，再怎么防备，铁笼里的白兔总时不时被咬伤或咬死。这个时候的母亲，总会隐藏内心

插图作者：马西莫

的伤感，利索地把兔子整成一锅香喷喷的肉汤。和母亲采摘兔草的时光最让人印象深刻。兔子吃草比较讲究，要新鲜但不能带露水，否则容易腹泻致病。因此母亲总在太阳刚露脸不久就去采摘。我还记得清晨在河边采摘兔草时，河里会时不时漂浮出水蛇，母亲就捡起石子扔过去……待捋到一筐的兔草回来，迫不及待地把兔草分发到每只兔笼里时，我心里特别的愉悦。

母亲这个时候总是静静地看着喂兔子的我。嘴角一抹温柔的笑，至今回想，还是那么的美。

年轻时，母亲那漆黑如绸缎般的美发，总编着一条长长的马尾辫及至腰际，其话语更是银铃般清脆。母亲做事雷厉风行、干脆，因此总赢得比其他家庭主妇更多的时间陪伴我们，做些小零嘴，如自磨豆浆做豆腐，自打米浆做粉皮，给我们解馋……

人在旅途，奔波中，母亲一直陪伴左右，从没远离。这是至今为止，最没遗憾的事情。只是，年轻时的她在逐渐增多的白发中已慢慢变老。在许多不经意出现的健忘、唠叨不休的絮语中，特别是前两年一年中风三次住院后，母亲竟然一下子就老了，说话不利索了，行动不灵活了。

如今身体一天不如一天的母亲，最开心的事情就是偶尔和年轻时结下深厚情谊的姐妹们聊聊天，叙叙旧。但天各一方，叙旧的机会也有限。这样的日子久了，就心生愧疚。偶尔陪着母亲回忆她的过去，我们都被岁月裹挟着往前走。只能自己安稳点，把岁月豁口尽量磨平一些，别被伤着，就是对老人的最大安慰了。

回不去的花样年华

“念想，30年。”一句最朴实的乡音，来自一个儿时最默默无闻的同窗，却直接击穿了我的心灵。

曾以为不谙世事的童年，原来竟是一块纯洁的海绵，彼此一举一动都互刻脑际，饱蘸岁月阅历，只待来日芬芳，仿佛我们都不曾远离。回不去的年华岁月里，总会有一些比爱情更让人暖心的情愫，只是每每触及，就陡然惊觉自己已变仙人掌，浑身长满了刺。这是岁月的茧，奈何？

孩提时代，雨夜特别漫长。整整下了一个晚上的大雨，一夜没睡的伯父，几次起来把瓦顶的天窗合密，依然阻挡不了瓦缝中湍

急雨水的下灌。把所有的盆罐用来接雨，倾听一夜的雨水滴答至天明。一夜大雨后，公路、田野一片白茫茫，到处都是浑浊的洪水。河对面的村庄，木板块铺设起来的桥已被冲垮，学是上不了的了。我们就跟着大人站在高坡上慢慢等待洪水的消退。

但上游的洪水越来越汹涌，半天没有消退的迹象。过往的车辆有些按捺不住，胆大地缓缓摸索行驶，不一会儿就熄火了。有些辨别不了方向，开到了更深的水沟里，司机慌乱之际摆手求救，村里熟水性的男子游水过去搭救。至于车上的货物，多数是时令蔬果，随洪水漂流，绵延水面。一次洪水，所有的庄稼都元气大伤，连续几天在田沟里排水都无法排出。而恰恰是这个时候，不用上学的我们，有了极其兴奋的活动。水田里，田沟中，甚至洪水漫过的水井里，时不时出现生猛鱼虾的身影。用网兜、编织篮筐，随意一投一拉，就能有好几条渔获。大人也参与进来，捕捉到的鱼虾，直接拔身边长着的草从鱼鳃处穿过，很快手上就多了一串跳跃着的沉甸甸的鱼。

溺水身亡的事故，一直是童年最灰暗的记忆。在黑白背景的记忆中，河流最深的一个转弯处是溺水事故多发段，那里有滑溜的石块，石块边缘长着青苔，平时大家就踏着石块俯身洗菜、洗衣服。不会游泳的人，特别是操持家务的孩子，在上面洗衣服时，往往有失足落水的。有一次，河两岸的人都聚集在该河段，神色慌张，原来是有人失足落水了。几个成年男子轮番潜水打捞，最后把失足落水的女孩找到了，但满肚子的水无法排出。于是人们把一个大铁锅反扣在地，把人面朝下趴在锅顶按压腰腹部排水，当时只听见哗哗的水从溺水女孩的嘴里排出，女孩慢慢缓过来。由于我目睹了这恐怖的一幕，少时路过那处河段总深怀恐惧，总觉得那里有股神秘莫测的气息笼罩着……

懵懂的岁月，伴随着许多的不解和疑问，但没有人告诉你，自己也不知道找谁倾诉内心深处的彷徨……成年后步入社会，即使为人母亲了，一句充满暖意的乡音问候，就惊觉时空转换，但仍然冲淡不了隐秘了几十年的心理脆弱。原来，心里一直藏着一个永远长不大的心灵。那里，有我已回不去的花样年华。

花开无语流水年

梦境中，总有一簇簇粉白的花绽放。醒来，鼻端似乎仍暗香浮动。记忆中，雨后一地花瓣。小伙伴把花瓣编成花环，套在脖子上，在山坡上疯跑。山坡上的花仍密密绽放，弥漫山谷。调皮的索性躺倒在地，仰面看脸上簇簇花团，满眼晃动炫目阳光和花枝。风过时落英缤纷，丝丝光线，缕缕芳香，每一抹轻风，每一片花瓣，都如此沉醉酣畅。有些地方，如同有些人，无法再去，也无法再见。它打包过往和历史，成就每段人生，如年华似水。

南疆之旅

沙漠于我，是一个充满神秘又让人向往的地方。没想到有那么一天，我居然穿越了它。那年10月，整个团队最小年龄的我，和来自全国200位媒体“大腕”会集新疆乌鲁木齐晚报社，从乌鲁木齐出发，开启为期10天的“丝路欢歌”南疆之旅。喀什、和田、库尔勒，一路走来，南疆的风土人情别有一番滋味。尤其是穿越塔克拉玛干大沙漠的“壮举”，在沙漠里、胡杨林旁的露天“午餐”，天地之阔的恣意“驰骋”，直至事隔多年的今天，犹历历在目。

进入沙漠腹地，蜿蜒的公路两旁就是一望无际的沙漠，时而沙丘，时而茫茫沙原掠过眼帘，天空蓝得近乎一个色调。如果不是偶尔有一两辆车从身边驶过，我们似乎走在一条不知终点在何处的路上。“看！胡杨树！”当胡杨树从沙丘边冒出的时候，车上的人都情不自禁地叫了起来。渐渐地，公路两旁的胡杨树多了起来，那抹未经构思便涂抹出来的金黄色，依然是金秋季节的树叶，只是灿烂得耀眼。粗壮的树干和蓬勃着金黄色的树冠，屏风一般竖立在路旁，除了金黄色，视线中再也没有其他的色彩了。“停车，咱们看胡杨树去！”当东道主、新疆乌鲁木齐晚报社社长杨大鸣洞悉了大家的心思，就在沙漠腹地一个胡杨树密集的地方停了车，让大家亲近胡杨树，饱览胡杨树之美。热烈灿烂的胡杨树就在眼前，一切语言都无法表达心中的惊叹。胡杨树被人们赞誉为“沙漠英雄树”——活着一千年不死，死后一千年不倒，倒后一千年不朽。这奇特的生命，不知凭借怎样的力量，才在干旱苍凉无边际的荒漠之中生存下来；又不知凭借怎样的力量，穿越那亘古寂寥的一千年又一千年的时空；更不知凭借怎样的力量，在无人喝彩的舞台全力迸发出金黄璀璨的光芒。沙丘是流动的，这从每一个沙丘上的沙纹方向可以印证，从我们一路奔跑过的沙地上逐渐被抹平的脚印上可以印证。只是，难以想象的是，在那些盘根错节、斑驳镌刻、满是粗糙如刀刻老者脸的胡杨树上，竟然璀璨得如此耀眼，几乎将人的眼睛灼痛。

“咱们就体验一下沙漠里的露天午餐吧！”当大家感到饥肠辘

辘的时候，又一个前所未有的惊喜体验带给我们。这场沙漠里的露天午餐，就在胡杨树旁。头顶蓝天，脚踏沙地，温暖的阳光下，秋天的气温还不算很冷。主食是手抓羊肉饭，第一次要真正用手抓着饭吃，哈哈，居然有不少人吃得张牙舞爪，狼狈又尽兴。这是一个怎样的体验，我只能说，也许，再过若干年后想起那天的滋味，我也会情不自禁地舔舔手指头吧！除了酥香的烤羊、羊肉包子、馕，还有正宗的新疆哈密瓜、葡萄和香梨。那个甜，至今回味，甜蜜犹在。饱览沙漠野性之美，对许多爱好摄影的发烧友来说，这简直是一个千载难逢的好机会。跟随几位同行偷偷深入沙漠腹地，惊喜地发现沙漠腹地的沙地，比南方的海滩沙还洁净无瑕，洁净得不忍踏脚上去。极目远望，天际边浩瀚处一缕轻雾如纱的景象，寂静得仿佛让人感觉时光顿失。胡杨树，依然是胡杨树，不经意就来一个惊喜的相遇。偶遇一棵胡杨树，没有了树干，失去了叶子，只剩下不到半面的树皮，却支撑着屹立在那里，顽强的精神让人不由肃然起敬。“我来了！美丽的塔克拉玛干大沙漠！”大家都像回到了青春萌动的时期，有躺在沙地上的，有尽情地叫着、喊着、跳着、舞着的，那一刻，大家都被沙漠之美“磁石”（吸引）了。“嘿！野兔！看！”不知谁的话音还没落下，如箭一般的影子倏然掠过眼前，消失在茫茫的沙漠腹地之中。

闯进普达措

踏足，云彩之南。归来，滴答依旧。这是开在海拔4000多米高的香格里拉一户藏民家的玫瑰，深赭红色泽，大气逼人。尽管一枝独秀，仍持久散发沉稳、华贵的气息。

云南之旅，印象最深的就是香格里拉的国家公园普达措，那

是一个无污染的纯净世界。作为我国确立的第一个国家公园，普达措至今仍保持着完整的原始森林生态系统。上到海拔4000多米，温度剧降，尽管穿上厚厚的羽绒服，鼻子还是清冷得打冷战。进到公园，到处是云杉树。我们如同不速之客，无污染的云杉让人聚焦良久。普达措有两个湖泊——属都湖和碧塔海，是深山下的两颗珍珠。属都湖海拔3705米，积水面积15平方公里，是香格里拉较大的高原湖泊之一。碧塔海为断层构造湖，湖面呈海螺状，据数据显示，长约3000米、宽约1000米，水深达40米、海拔3538米。走近湖面，深邃会让你有瞬时窒息感。

景区雨量充沛，气候宜人。有时云雾缥缈，时隐时现，宛如仙境；有时则云海茫茫，有如腾云驾雾一般。这样的自然条件，植物生长茂盛，植被丰富，俨然就是一个天然的植物园。多处断层崖、林间小涧、深沟峡谷等独特小景闯进眼帘。每个人的内心都有一个

童话世界，一旦触碰到梦想中的现实，就只想伸出双手拥抱这一切。湖清清，天湛蓝，林涛载水声，鸟语伴花香，让人不忍归去。

最想看的是普达措公园的原始森林。云杉、高山栎、白桦，挺拔的树林里，有梦境的童话世界。满山云杉，共生着丝丝缕缕的洁白松萝，柔情垂挂着，温柔得让人有想触摸的念头。可惜，这是被禁止的，因为，松萝是空气质量的检测器，一旦污染入侵，即刻消失。森林里弥漫着云雾，满树松萝缠绵垂挂，满树墨绿青苔共生，片片云杉林连绵不断，空气仿佛被过滤般清润，让人宛若置身洁净童话世界中。松鼠在我们面前悠然地吃松子，偶尔有几只调皮的跳到树枝上，姿态轻盈。观光车盘绕着高山行使，海拔越高，景色越美。广阔的草甸上，林间的牧场上，马儿叮当的脖铃声，远处牧棚里悠悠冒起的炊烟，一切都那么和谐。原始森林里的各种林木，千姿百态，气象万千，群山茂绿下的碧塔海，烟波浩渺。海拔越高，植被也就越多样性，但无一例外都异常肥沃，色彩斑斓。一路上，有奔涌的溪流溅起的洁白浪花，有碧绿草甸上甩着尾巴悠然吃草的牦牛群、羊群，有养眼的各色鲜花，有高大的原始森林里满山与云杉缠绕的松萝，有连片的肥厚苍翠地藓，有不期而遇的小松鼠，有带着青草绿的空气……也许，梦境里的天堂也就这般吧！

花事童年

人一旦和社会有了各种瓜葛，片刻的自由都是奢侈。故乡，在繁忙劳碌的生活中尘封已久，只有在特定的节日里，才会泛起涟漪。这个时候，一起走过青涩时代的许多她和他，都会逐渐清晰。匆匆斑驳日光的更替，很多时候从最初追寻共鸣的思潮慢慢变成了自语。远方的熟悉，草木依旧，花已非花。孩提时代，村头村尾一年四季果树飘香，洁白的柚子花、粉蕊的阳桃花、红肉的石榴果、肉厚得没核的荔枝……各式各样的花或果，如今都不容易看到和吃得上了。小时候不懂大人的忧愁，在果子成熟期，最盼望夜里来一场狂风暴雨。那样的雨夜，对于我，还有许多同龄的他或她，都是一个小小的欢喜秘密。风雨后的第二天，天还没褪尽灰色，果树底下已经猫着几个小小的身影，捡拾着被风雨刮下的石榴果、荔枝、龙眼、阳桃……地上积聚着厚厚的枯叶，沾满黑泥，几个小屁孩全然不顾，把捡拾到的果子放到书包里再去上学，此时天才渐渐泛白。这些藏在书包里的果子，成为课间大家互赠的“手信”，是最美味的享受，当然也由此收获了最纯真的信任和友谊。

你看到过满山绽放山稔子花时的盛景吗?我的童年装满了清越的鹅声，也装满了山稔子花开的记忆。每到山稔子花季，我总嗅着花香进入幽深高山森林。一路树木夹道的山涧小径铺满了厚厚的松针。记忆中，午后阳光蒸腾起松脂的辛辣气味，鸟声偶尔清脆响起，如影相随。天蓝得干净，山风吹过树叶簌簌，其实我的心里也有恐惧的，因为茂密的山林中，繁花盛开的山稔子树丛下，传言有被狠心父母溺死的幼小女婴，标志就是用粪箕倒扣着，凄惨得很。为了驱赶心中的恐惧，又向往那片繁花似锦，唯有经常三五结伴同行。经过那段恐怖山道时，大家就故意唱歌，不间断地唱，不让有稍微停顿。一旦有稍微停顿，会骤然感觉周围气氛的可怕。坐在山顶的树荫下，阳光从松针间洒到眼皮上，点点金光闪烁。满山苍翠里，只听松涛在大风中起伏，如同潮水般此起彼伏。格外湛蓝的天色蔓延在群山之间。那一刻，时间和天地似乎是停顿了，凝滞了，格外寂静豁然。陶醉在漫山花香中，隔壁村看山的大叔总会出其不意地站在我们跟前，两手叉着腰，一双露脚趾的旧解放鞋上，沾满了草籽泥巴还有不知名的碎草。“别往茂密的树丛里钻，小心蛇！”说完，他却往更深幽的树丛走去，逐渐消失在一路灿烂的山稔花道间，只留下对山花烂漫无尽遐想的我们。童年的花事，宛若静好的时光，锁在记忆的门里。纵然人事变迁，岁月跌宕，始终芬芳在故乡的山间地头。

故乡鹅，溢乡愁

最近朋友圈转红了的鹅情侣深情一吻，醉倒了凡间芸芸众生，深深触动了人心底最柔软的部分。我的家乡是一个四面环山、面朝河流的村庄。每天清晨，清澈的河水里经常可以看到悠然的鹅群，听到热闹的鹅叫声。记忆中，伯父在乡下养过11只鹅，1只公鹅，10只母鹅。养了好多年，公鹅一直没变，母鹅倒是半途中换了好几只，那是因为农忙青黄不接时要卖母鹅变现，以度过经济窘迫期，待到手头宽裕时再想办法买新的母鹅回来。也正因为这样，在和鹅相伴的岁月里，对鹅的情感逐渐加深。我经常跟随伯父放鹅，倒也不用时刻跟着，主要是怕公路来往车辆多，有缺德司机开快车不小心把鹅撞了，所以把鹅群护送着过了公路就不用管了。豆大砂石铺设的公路上，有厚大鹅掌踩下去的“沙沙”声，整齐划一，异常好听。一到河边，母鹅像撒欢的顽皮孩子，迫不及待地连跳带飞扑进水里，只有公鹅最后一个下水。如果伯父停留岸边一会儿，或是和朋友聊天，公鹅会伸长脖子在伯父身边不停地叫唤，不过是轻柔地叫。这个时候，伯父会挥挥手：“去，去，玩你的去。”公鹅才到河里与它的母鹅一起玩。好多年之后，我才知道，那是它唤主人回家。有一次，因忙农事，伯父和我都没时间护送它们，公鹅就自己带着母鹅回家。待我们回到家，像平时一样给它们拌鹅料时，公鹅一反常态，啄衔着伯父的裤脚往后拉，并不断地“嘎嘎”叫。伯父一点数，少了一只，随后转身出去找母鹅。公鹅紧跟其后，伯父也不理睬它。伯父走得急，它也走得急。伯父沿着公路查看母鹅是否被车撞到了，然后又往河边找，看是否贪玩掉队了，后来终于在别人家的鹅群里寻到了。后来，伯父告诉我，走失的母鹅是和公鹅一起买回来的，平时关系最好，那天要不是它肩负着带剩下的9只母鹅回家的重任，估计会一直在空荡荡的河里声嘶力竭地叫唤。伯父把找回来的母鹅抱着，公鹅急急地跟在后面，一路叫唤。回到家，伯父刚放下母鹅，公鹅就赶上去伸长脖子“亲吻”母鹅，其他母鹅也围上来“安慰”同伴，被找回来的母鹅眼睛红红的。记忆里，平时公鹅带它的“嫔妃”们出去觅食、游泳，都是高昂着头，一路欢歌的。河边的细沙里藏着许多小蚬壳，生蛋的母鹅要补钙，公鹅不辞劳苦地到处翻挖蚬壳给母鹅吃，直到母鹅个个脖子撑得溜圆。孵蛋的母鹅，一个星期出去洗一次澡，公鹅就帮守着鹅蛋；如果母鹅不肯单独出去洗澡，公鹅会陪它一起去，并一步三回头“嘎嘎”地叫唤主人，提醒守候鹅蛋。我小时候调皮捣蛋，看见母鹅翻蛋（尤其是快孵出小鹅的蛋），就特别想看刚破壳的小鹅的模样，伸手进去摸，几次都被母鹅啄着不放，疼得不行。但伯父一来，母鹅却主动站起来，让伯父看个够。也曾因追捉最漂亮的母鹅，被公鹅狠狠追啄，直到伯父出现呵斥，它才罢嘴。在很长一段时间里，公鹅每每见我靠近，就把头伸得高高的，叫得锐利，警惕性特高。童年的岁月里，一直心存鹅的优雅、鹅的灵性。它们相亲相爱，在河里互梳羽毛的一幕，犹如一幅清晨水墨画。晨曦下淡淡雾霭的河水里，清越的鹅叫声中，彼此欢愉地追逐，时而又优雅地游弋，漾开了美好的一天。

因这段美好的回忆，我至今不吃鹅，现在想来，这就是刻骨铭心的乡情。

写给长大的你

一直暗地里和谁较量?

直到高考结束，才发现一直都在和自己较量。高考结束了，从今天开始你不再是一名中学生了。等这一切真实的结果来到现实，我也终于放下了较量，放下了紧张，也放下了等待。

原来，生活当中真的需要一个目标。

时间过得真快，你第一天就自己上幼儿园的情形仿佛就在昨天。坐在板凳上还差点够不着桌面的情形也犹在眼前。不听话，把你最心爱的玩具扔掉惩罚你，你眼眶滚出的大滴大滴泪珠，至今还历历在目。喜欢上了骑车，和同学从湛江骑行到雷州再到吴川，从你满眼的热忱里，我仿佛看到了自己……至今都还没告诉你一个秘密：为了你学习上心，妈妈佯装过晕倒，你慌得哭了，一遍一遍叫妈妈，保证说要认真读书，用心看书……想起这事，心依然在疼。多希望你不记得了，不管是现在还是将来，一如今天的阳光，开朗、温暖。妈妈一直知道你是一个小暖男。也正因为这样，细数你懂事以来妈妈对你的“鲁莽”之事，至今仍心存愧疚。

从初中开始，妈妈就潜意识以朋友方式和你相处了，尽管内心深处多么想“溺爱”你。因为这份工作的性质，也因为你是个男孩子，提前“放牧式”的散养、粗养，就是为了让你尽早独立，妈妈也能在轻松拉着一根线的同时，努力工作为你树立榜样。

你高考完了，我也“自考”完了。回过头看看这几年的路，用“一路狂奔”来形容都不为过。还好，妈妈没有让自己失望，更没有让你失望。独立自创的《丹丹有约》栏目，刷新了新的台阶，而且一直走在出书和发行的方向上。妈妈没有过多的说教给你，只是用自己的实际行动和努力让你放心，让你自我成长，自律严谨。看着你越来越独立、自律、踏实而有想法，妈妈打心里高兴。

你的人缘特好，老师们喜欢你，同学们喜欢你，认识你的家长们喜欢你。你的阳光、善良、自律和沉稳，是你成长过程中给妈妈最好的礼物，同时你也在潜移默化修正着妈妈。我们不但是母子，也是一路同行的好朋友。

妈妈一直期待着这天，因为这是真正成长的到来。今天到来了，才发现没缺席你点滴成长的过程比任何东西都重要。你的一切都满满当当地装在妈妈脑海里，从你牙牙学语，从你顽皮的小时候到沉稳的今天，妈妈都可像抽丝剥茧般细细回想起来。你的成长往事如在昨日。

你成长了，我们的角色次序就要换一下了。以后咱俩首先是朋友，其次才是母子，愿我们将来都为彼此自豪。

穿透纸背的人生况味

恐惧，可以让一个人成长吗？

南国鞋城，繁华物流的背后烙着至今挥不去的恐惧。想起曾坐在山般高的回收废旧塑料鞋堆里埋头砸铝鞋扣的情形，鼻子似乎还沾满着让呼吸都局促的灰尘。

尽管那只是周末才会做的事。但鞋堆垛里，那漫天飞扬的灰尘，周围不绝于耳的吵闹声，天空永远悬挂着的炫目艳阳……一次又一次不自觉地在脑海里回放，难言的茫茫无尽等待，随着日复一日源源不断的回货，眼前看到的只有货山高度的叠加，耳里听到的只有日夜的喧嚣……

无尽等待，遥遥无期，最终导致开始恐惧周末的到来。

手工削鞋带，高温压塑瓶盖，是南国鞋城的绝大多数住户每天要做的工作。一把简易的铁齿刀，磨成锋利的弯月形，顺应鞋带把周围多余的塑料丝杂物修理平整，手工活不复杂，但要熟练掌握却不是件容易事。相对烈日下的砸铝鞋扣，已经是一件不容考虑的不二选择。但，一不小心就把手指皮削掉一块，乃至鲜血淋漓的事件时有发生。看过不少包扎好伤口，忍着疼痛还得继续的。面对频频出现的“血色个案”，排山倒海般的恐惧感再次袭来，但周末已无处可逃，只能与恐惧共舞。

小作坊生产车间，灯光昏暗，到处充斥着浓浓的机油味，四周墙壁几乎与机油同色。夏季，闷热的机房里，呼呼作响的电扇只起制造噪音的功效，光着膀子的工人在温度可达40℃的车间内插科打诨，聊以打发漫长的艰苦难熬时光。多来自广西、湖南、四川等地的他们，除了吃苦没得选择。

压塑料盖、鞋带、塑料鞋……调试好机器温度，打下电闸，通过模机直接流水线出产品。流水线末端得有人取这些半成品，然后经手工修理才可把成品工序完成。机模出来的半成品温度高达100℃，人手取样。为此，很多工人的手都被烫起豆大的水疱，结痂、变黑、蜕皮，再次烫起水疱，如此反复，手变得越来越粗糙，越来越黝黑。曾经在一次放学回家后，跟着母亲试着取过一次，烫起的水疱足足一个星期好不了。恐惧感再起，还因一片乱坟岗。

初中每天晚修回家，总要经过一片乱坟岗。蜿蜒的小道，没有路灯，高低起伏的坟茔就在两旁，每每路过，心里都幽幽发凉。下晚修的男生踩自行车都是吹着哨子的，风般掠过，女生拼命蹬车也赶不上。有一次，晚修晚走了一会儿，掉队了，为赶上大部队，我蹬得用力，把自行车的链子都蹬断了，前面的人既没了踪影，也没了声息。黑漆漆的夜晚，只有自行车哐当哐当的断链声。由于害怕，连鞋子踩踏砂石发出的声音，都产生了幻觉，背后一阵阵地发凉，数次停步扭头查看，一切却又归于沉寂。真真是体会了夜色无边的恐惧。因这刻骨铭心的恐惧感，往后的最后一节晚修课，几乎无心温习功课了，老看放学时间。下课铃声一响，我已经快速混进自行车队伍中。没有恐惧的人是长不大的，但在反复的恐惧中成长，也许就变成了一种煎熬。摆脱不了煎熬，自然期待再成长，只是没想到的是，成长的等待，最终还是回归原点。但不管怎样，始终相信心海无边，容纳百川。虽潮涌澎湃，但终将绚丽。

我在湛江蓝里想念你

我读大二那年，父亲离开了我们。正值盛年的他，走时，和他的三个儿女有太多的隔阂。父母辈的情感，像锤子般从刚开始的浅浅敲，到后来密集地拍打，到最后已经不是哭泣挣扎所能解决的了。而我们的无忧童年也因此快速消逝。对我来说，关于父亲的记忆太有限了。有限的记忆中漫上来的更多是记忆与抗拒。与大多数人眼里山般坚毅之父爱一对比，我的莫名伤感，显得多么的格格不入。

父亲生前有一手至今让人充满神秘感的“巫术”。蛙声渐起的夜里，他总一个人拿着一个铁桶，桶里放一些从不向外人道的物件，然后在苍茫夜色里，悄然放置好。等到半夜三更，父亲独自去取桶回来，桶里已装了半桶硕大的“青蛙王子”了。不管多少人缠在父亲后面讨教秘方，父亲硬是一字不吐。在那个缺吃少穿的年代，这意外的收获，确实让人惊喜不已。但父亲不会经常去做，问及缘由，他只说：“去多了，就不灵了。”直到今天，这个属于他的秘密，随着他的离去，成了一个谜。

父亲当兵复员回来，被安排在供销社做了一名水利设备员，每天都要去机房察看设备是否运作正常。小小的我，刚学会走路就跟着他进机房，看多了父亲拧扳手的场景，也渐渐帮着捣鼓。很多时候，父亲用扳手拧着螺丝，漏水的设备被拧紧便不漏水了。父亲总是对我跷起拇指：“爸爸厉害吧！”也有总是修不好的时候，他会一直忙碌，既没有助手，也没有放弃，从白天忙到夜晚。饿着的我，看到父亲从失望和无奈到逐渐狂躁，心里的害怕竟然战胜了饥饿……

绵长的记忆里，最芬芳的是机房外面那条开满洁白的玉兰花大道。嗅着花香晚归的夜晚，我无数次于花香中暂忘饥饿的侵袭。

也许当时年幼，体会不到父亲的关爱，也许当时太小，不懂父母辈的情感。待颠簸坎坷中再次见到父亲，是在我上大学二年级时，而他已经在弥留之际。多年的失联，仿佛就在昨天。病床上父亲一声亲切的乳名叫唤，眼泪如决堤的洪水，再也关不住闸。

爱恨交织间的滋味，在决堤的泪水中冲刷着。父亲弥留之际的泪水，让我明白：有一种爱，我无法体会，那是在看不见的岁月黑夜中独自行走的煎熬；有一种情感，我也无法体会，那是于无声的泪水中独自品尝的滋味，涩入骨髓，痛入心扉。

在时光里奔跑

面对他远去的背影，她也悄然转身。

谁的背影不是一身疲惫？5年前，她在家人的忐忑不安中从一份安稳职业中离职，选择成为经常全国各地“飞”的策划“砍价师”。这几年因出色的策划，她成了各地城市大型商场和消费者眼里的“名人”。她亲临现场为品牌、消费者“狠杀”“雇主”的名气，吸引商家纷纷聚拢。每次交易的场面几近疯狂，几乎场场失控。“看着台下挥舞着抢购的双手，雪花般的购物单据堆满地上，冲破由不得商家说了算的限定底线，消费者忘乎所以的欢呼……这一切的一切都让我沉醉于其间，很多时候，忘了我是受雇于谁而来的了。”再次在广州遇上陶小艺，已经是我在湛江碰见她成功举办一场砍价会半年后了。每次在朋友圈看她全国各地飞举办的砍价会的火爆场面，都为她喝彩。 在每个行业执着的追求者，理应都有一个不为人知的触点。当她燃起一根纤细女士烟，优雅地吐出几口烟雾时，我不由自主给她递过烟盅。

“人生每个不同的阶段，会遇到不同的人。总有一些人来，也有一些人离开。有的人你走得离他近了，你就离另外一些人远了。距离多远都不成问题，重要的是我们都需要好好认知自己，否则丢失自己是迟早的事。”陶小艺眯着不大的眼睛，轻轻地抿了一下嘴唇。

只有在停下脚步太久时，才有纷飞的杂念涌起。陶小艺聊起自从选择“砍价师”这个职业，时间已完全不受控。几年间她已蜕变成一位不亚于大牌明星的巡演，干练、凌厉、说一不二的严肃与认真，全体现在她全盘掌控整场砍价会的大致思路上的精准出击之中。由于陶小艺的知名度，参与砍价会的各品牌商家会集。尽管这样，其实他们往往也是喜忧参半，喜的是如潮人群，忧的是说不定连成本价都被她率性腰斩。

一直奔跑在路上，注定是孤独的。每一个深夜从机场匆匆返家的路上，她都心存愧疚。愧疚是一种情绪，人总不能被情绪绑架，因为内心那束光一直在。“曾经的那些事与人，温柔了我的岁月也惊艳了我的时光，我在奔跑中失去，也在奔跑中获得。”弹完烟灰，陶小艺已两眼含泪，“时光奔跑中哭着也笑着，但我相信，前方不远将有我笑着拥抱的愿景。”我被震撼了。

后记

没有人是一座孤岛。今天，七年随笔《丹丹有文》终于变成了书墨香。不管是《丹丹有约——高端访谈》还是《丹丹有文》，这两本书的后记我都强调了这句话：没有人是一座孤岛。

人无法四处寻找道路，你会走上的道路只应该来自你的信念。这种信念的共振共鸣很大一部分能量来自我们同频的“心流”。我很幸运有你们。此刻，我无比虔诚地感谢亦感恩：一路走来，许许多多的你一直给我支持和鼓励，是你们促使我做成了想要做的事情。

《丹丹有文》还有一个惊喜和大家分享。经华夏长鸿出版社满庆然老师的举荐，《丹丹有文》在成书之前就被拥有6亿听众量的喜马拉雅听书平台看好，数个月之前就和喜马拉雅听书平台签约了有声传播。如果说《丹丹有约——高端访谈》是我事业的创新突破，那么《丹丹有文》则是创新突破的心灵“沃土”。关于我，一动一静，理性与感性，工作与生活，都能在这两本书当中有真实的呈现。

一直崇尚真实，因为真实是最美的品德。一直热爱生活，因为生活有最美的烟火。喜马拉雅听书平台看好《丹丹有文》，我想亦是基于真情实感。一直相信，散文能更好地在我们之间搭建起“心桥”，助我们走出“孤岛”，让我们活得真实并获得更好的能量。

书中尚有部分图片未及时联络到本人，敬请相关人员见书后与本书作者联系，电话：18933798177。

欧丹丹

2024年3月8日

感谢“伯乐”——华夏长鸿出版社，感谢第二次合作的岭南美术出版社，感谢最佳拍档李忠先生，感谢至亲好友的一路陪伴鼓舞，特别是以下对我本人及图书出版都给予了大力支持和鼓励的企业：

湛江市半岛锦鲤养殖有限公司

吴川市鑫锋房地产开发有限公司

深圳信誉建设集团有限公司

广东兴美集团有限公司

广东明隆辉实业有限公司

广东万和新电气股份有限公司

科顺防水科技股份有限公司

广东新宝电器股份有限公司

米洛家居

佛山市虹桥家具有限公司